新　潮　文　庫

広　域　指　定

安東能明著

新　潮　社　版

10581

広域指定

1

おとそ気分が抜けかけた一月十日金曜日。午後九時五十分。柴崎令司《しばざきれいじ》は当直責任者として、一週間分の警察相談の報告書に目を通していた。酔っぱらいの置き引き被害や帰省中の空巣事案なども散見される。いっこうに頭に入ってこない。

電話が鳴り、ワンコールで取り上げる。低めの女性の声が語りかけてきた。刑事課盗犯第二係の高野《たかの》朋美《ともみ》だ。

「事務所からかけています。まわりに人はいません……いつもなら遅くても四時ごろには帰ってくるのに、まだ帰宅していないと言っています。知人親戚《しんせき》、めぼしいところはすべて当たったそうですが、どこにもいないと。家に上がり込んで遊ぶような特定の友人も思い当たらないらしくて」

「携帯電話は持っていないのか？」

「持っていません」

「塾関係は？」

「ピアノの先生のところに通っているそうです。火曜と木曜の午後四時から五時までですから、きょう、レッスンはありません」高野は続ける。「小学校の担任が来ています。先生方全員で校内や通学路を捜したそうですが見当たらないと言っています」

「学校が終わったのは何時だ？」

「一時半ごろに終わったそうです。いったん帰宅してから、また出かけたそうなんですよ」

「親たちはそれを見ているのか？」

「建売住宅の発表会があって、ふたりとも留守にしていました。帰宅したのは七時半です」

「クラスの連絡網に乗せたか？」

「いえ、連絡網はもともと作っていないし、保護者あての一斉メール送信もしていないと」

「メールはまだ送らなくていいと杉村《すぎむら》に伝えておけ」

「了解しました。先生方が綾瀬《あやせ》駅に出向いて駅員に写真を見せたそうですが、見覚えはないそうです」

「わかった」

本部の通信本部《つうほん》から、未帰宅者の無線通報があったのは午後九時ジャスト。

未帰宅者は綾瀬小学校三年生の笠原未希《かさはらみき》九歳。小学校から八百メートルほど北西にある綾瀬四丁目に住まいがあり、母親の笠原佳子《よしこ》が110番通報した。通報時、笠原工務店の笠原の妻だと名乗っている。

事情を聞くため、笠原宅に当直員の高野と生活安全課の杉村博光《ひろみつ》巡査部長を急行させたのだ。杉村は少年第三係に所属している。教師たちとは顔見知りで、彼らとの意思の疎通《そつう》もスムーズにいくはずだ。

日が沈んですでに五時間、天気はいいものの外気は五度以下まで下がっている。通常の帰宅時間をすでに六時間オーバーしているという。

「家族構成は?」

「父親の笠原智司《ともじ》四十四歳、妻の佳子四十歳、同じ小学校に通っている兄の将太《しょうた》十一歳の四人家族です」

「工務店というと自宅は別になるか?」

「いえ、同じ建物内にあります」

「で、親のほうの感触はどうなんだ？」

肝心の部分に話を向ける。

「お父さんはわりと落ち着いてみえますけど、お母さんはかなりナーバスになっています。関連が薄そうなところまで電話をかけたりメールを送ったりし続けていますし」

「未希ちゃん本人に対してはどうだ？」

「叱《しか》りつけた覚えもないし、友だちとケンカしているようにも見えなかったと言っています。学校関係者も同様なことを言っています」

新年になってから未帰宅者の通報はなかったが、去年の十二月には一件あった。小学四年生の女児が通報後、自宅から一キロほど離れた空き家で見つかっている。通報してきた母親から叱られたのが原因で、家を飛び出したらしかった。今回も類似したケースかと思われるが、それなりの構えをしておく必要はありそうだ。

「課長に知らせたな？」

高野の上司にあたる浅井《あさい》刑事課長だ。

「たったいま、報告を入れました」

「わかった。署長にはこっちのほうから報告しておく。おまえたちは訓練通りの手順を踏め」

「はい。先生方はどうしましょうか?」

「目立たないように帰宅してもらえ」

「了解しました。ただちにかかります」

あっさりと電話は切れた。

これから固定電話と両親の携帯の音声を記録するのだ。

誘拐という最悪の事態に備えて万全の措置をとらねばならない。

柴崎は坂元真紀《さかもとまき》署長の携帯に電話を入れた。高野の報告をそのまま伝える。坂元は副署長の助川《すけがわ》とともに、地元の自治会・婦人会・青少年部の三団体合同新年会とそれに続く懇親会に出席している。

受話器を置き、壁に貼《は》られた管轄《かんかつ》の地図を眺めた。

笠原工務店は、綾瀬署から一・三キロメートルほど南西に行ったところに位置する。首都高速六号三郷《みさと》線の高架に隣接した区画の中ほどにあり、東側には東綾瀬公園がある。東綾瀬公園は綾瀬駅から北に向かって馬蹄《ばてい》型に延びる遊歩道形式の公園で、農業用水を生かしたせせらぎが流れている。未希が通っている綾瀬小学校は、その公園の南側にあった。

日ごろ使用している通学路はクルマの少ない公園に沿ってか、それとも幹線道路沿いか。どちらにしても八百メートル近く離れているから、子どもの足だと二十分近くかかる。公園沿いなら、東綾瀬公園内を歩く道もあるが、見通しが悪く、見知らぬ人間と遭遇する可能性も高くなる。

「代理、電話です」

当直員から声がかかり、急いで自席の電話を取る。柴崎は警務課の課長代理。署員の人事や福利厚生を担《にな》う立場にあり、階級は警部だ。

「当直責任者さん？」低く押し殺したような声が伝わってくる。

柴崎はそうですと答え、所属と階級を告げた。

「こちら捜査一課サツハチ、係長のオオヌキです」

「一課ですか？」

「ええ、第八係、きょうの当番ですよ。大小の大に貫くで大貫です」

捜査一課の殺人犯捜査が何用だ？　もしかして、未帰宅者の件か？

大貫が続ける。「笠原未希さん、その後いかがですか？」

やはり未帰宅者の件だ。十ある方面本部の警察無線は、異なった周波数で運用されている。捜査一課は手分けしてそれらをすべて傍受しているのだ。それにしても反応が早い。

柴崎は高野から聞いた内容をそのまま口にした。

「了解しました。ただちに笠原宅に鑑識と特殊班を入れますので」

事件性の有無の判断すらついていない段階で特殊班を投入？　しかも本部鑑識も連れて？

「念のため、電話会社に捜査員を送ります」大貫がつけ足す。

誘拐であった場合に備え、通話などの逆探知を行うためだ。

断るわけにもいかず承知して電話を切る。すぐ高野の携帯に電話を入れ、特殊班と本部鑑識がそちらに向かったと告げる。

高野も驚いている様子だ。

特殊班と入れ替わりに署に戻ってこいと指示する。

正面玄関に署長と副署長が姿を見せた。ともに硬い表情だ。坂元の化粧はいつもより濃いめで、助川もそれに合わせたように顔を赤らめている。警務課に入ってきたところで、捜査一課と本部鑑識がこちらに向かっていると報告する。

「本部鑑識まで？　こんな夜中に警察犬に嗅《か》ぎ回らせるのかよ」

助川が立ち止まり、呆《あき》れたふうに言いながら、続き部屋になっている署長室に入る。

鑑識はただちに未帰宅者の人定《じんてい》に関わる毛髪や体液の収集、写真撮影などを行うはずだ。綾瀬署の刑事課にも鑑識員はいるが、本部鑑識にはさらに精密な収集や撮影が期待できる。警察犬の出勤も本部鑑識の担当なのだ。

柴崎も続いて入室した。署長席についた坂元が机上で手を組んだのを合図に、現時点での詳細な報告を行う。

「一課はよっぽど暇なのか」署長席の前に立つ助川が言った。「事情もわからんうちから」

後々事件に発展した場合を考えて、最初から万全の態勢を敷くのが、現在の警視庁の方針ではある。初動捜査に問題があったという批判を封じるためだ。

「一課が来るんだから部屋を用意しないと」坂元が柴崎を見ながら言う。「準備をお願いしますね」

「部屋まではいらないと思いますがね」助川が署長机に手をついて言った。「何人だって？」

「人数は確認していませんが」柴崎が答える。「念のために二階の小会議室を用意しておきますか」

定員十名ほどの部屋である。一課と言っても特殊班だ。本部鑑識にしても、署に立ち寄る程度で長居はしない。とりあえず椅子《いす》と机だけ用意すればいいだろう。

「十分だ」助川が憮然《ぶぜん》とした面持ちで言った。「その女の子、どうせ友だちの家の押し入れにでも隠れているんだろうよ」

「それはそれとして、どうしますか？」坂元がこめかみを軽く叩《たた》きながら、助川に訊《き》く。「寮員招集かけますか？」

さすがにこの手の事案には慣れていないようだ。

「まだいいんじゃないでしょうか」助川はあっさりと否定した。「署長、まずは管内の消防署や病院の救急窓口、それから児童相談所に問い合わせましょう」

「そうですね。近隣の警察署にも照会をかけないと。学校関係者はどうなのかな。まだ笠原さんのうちにいるのかしら」

坂元は助川ほど呑気《のんき》に構えていないようだ。

「帰宅したはずです」

柴崎は答え、クラスの保護者あての一斉配信メールを見合わせてもらうように要請したことをつけ加える。

「そうね。まだ公開しないほうがいいと思います」坂元が言う。「マスコミはどう？嗅ぎつけたところはある？」

「いまのところありません」

ひと月前とそっくり同じ会話を交わしながら、柴崎はその顚末《てんまつ》を思い返した。

十二月九日月曜日、母親から通報があったのは午後八時。児童が見つかったのは午前零時すぎだった。あの晩も捜査一課は警察無線を聞いて認知していたはずだが、電話一本かけてこなかった。ふたつの事案に違いがあるとすれば、前のケースでは児童の親はサラリーマンであり、今回は自営業者という点だけだ。一課は笠原家が資産家であるところに重きを置いているのかもしれない。

部屋の準備をするため、当直の警務課員とともに二階に上がった。机と椅子のセッティングや電話の取り付けをすませてから一階に下りる。刑事課長の浅井が署長室のドアをくぐるのが見えたので、追いかけるように署長室に戻った。

地域課長の望月《もちづき》と交通課長の高森《たかもり》、それに警備課長の岡部《おかべ》が到着していた。

「なんとか間に合った」浅井が柴崎の顔を見て言った。「一課が入るんだって?」

ポロシャツの上からブレザーを羽織っている。慌《あわ》てて飛び出してきたような感じだ。

「連中の段取りじゃ、もう特殊班は未帰宅者の家に着くころだぞ」

冷やかし半分に助川が声をかける。

「しかし早いな」浅井は半信半疑のままソファに腰を下ろす。白目が少し赤みを帯びていた。「工務店みたいだけど、金持ちなんですか？」

「おまえ、行って見てきたんじゃないのか？」

意地悪げに助川が訊く。

「勘弁してくださいタクシー飛ばしてきたんですから」

呼気からアルコール臭が感じられる。

やはり、居酒屋あたりで、一週間分の疲れをまぎらせていたようだ。

柴崎がもう一度経緯をさらった。

去年の件がまた蒸し返される。そうこうしているうちに、生活安全課長の八木《やぎ》と少年第三係の中道《なかみち》係長が姿を見せた。八木が高森の横に太い体を差し入れる。中道は柴崎のわきで立ったままだ。

「高森課長」坂元が交通課長のほうを向いた。「本日の午後以降、交通事故の発生状況はどうなっていますか？」

「はっ、中川ならびに大谷田《おおやた》の交差点で追突事故が二件と東和《とうわ》でバイクの転倒事故、綾瀬駅南で七十五歳男性の運転するクルマが民家の垣根に突っ込んで軽傷。以上です」

「ひき逃げ犯が被害者を自車に乗せて連れ去る事例もありますね」

「はい、それについては今のところ何とも言えません」

たしかに、交通事故に巻き込まれた可能性も考慮に入れる必要がある。

同様に傷害や子ども連れ去りの目撃情報などについて、坂元は浅井に質《ただ》したが、午後以降の発生はないという。学校からもそうした報告は入っていないと八木がつけ足した。警備課の岡部課長も、管内で過激派や類似団体による不穏な動きはないと発言する。

笠原家に出向いていた高野と杉村が顔を見せた。

「特殊班が到着しましたので帰署致しました」

年長の杉村が報告する。

「恥は、かかなかったか？」

助川に訊かれて、杉村は「大丈夫だと思います」と頭を掻《か》いた。

録音装置の設置や被害者対応について、年に一度特殊班から訓練を受けているのだ。指導通りにやれたかどうかについて訊きたかったのだろう。

坂元がせわしなく杉村に問いかける。「笠原工務店のほうはどう？」

「はい。従業員が総出で近所を捜しています」

「ありがたいですね。何人ぐらいで？」

「十五名くらいでしょうか」

「ご両親の様子は？」

「奥さんが、かなり動転していて」

　高野が答える。

「それはそうでしょう」坂元が訊く。「未希ちゃんて、どんな女の子？　学校の先生はどう言っている？」

「そんなに目立つ子ではないそうです」

「それだけじゃわからんぞ」

　助川が口をはさむ。

　杉村が首をすくめるように、「理科が得意で、休み時間は絵を描いたり、お店屋さんゴッコをしている、とかです。日頃から『知らない人にはついて行ってはいけない』と言いきかされていたようなんですが」と説明する。

「放課後にも遊ぶんですね？」

　坂元が訊いた。

「あ、はい、最近はよく一輪車で遊んでいたとか」

「仲間はずれになっているようなことは？」

「その心配はないとお母さんは仰《おつしや》ってました」

「今までにふらっと電車やバスに乗っていなくなるようなことはありませんでしたか?」

中道係長が口をはさんだ。

「なかったと聞いています」高野が答える。「ただ、放課後はたまに寄り道をしてくるようで、五時すぎに帰宅することもあったそうですが」

「家族や先生が把握してない友だちの家にはまりこんでいるんだろう」助川が続ける。

「夕飯を食わせてもらって部屋でゲームでもしてるんじゃないか」

「……その可能性はなくはないと先生方も仰っていましたが」杉村が答える。

調子に乗って時間を忘れてしまい、友だちの両親も笠原家に電話を入れるのを怠ってしまっているのではなかろうか。

「工務店のほうは土日休みか?」

念を押すように浅井が訊く。

「メインは個人の注文建築なので週末も営業しているそうです。ただ最近は、従業員を比較的休ませているらしいです」

「本部鑑識が来ているんですから、うちも現地に出ないと」坂元が前かがみの姿勢で続ける。「浅井課長、お願いします。高野さんももう一度お宅に向かって。ご両親から未希ちゃんの立ち回りそうな所につき、詳しく聞き出してください」

「捜査活動について、マスコミに公開してもいいかどうか、親御《おやご》さんから聞き出しておけよ」助川がつけ足す。「明日までにはどちらにするか決めさせろ」

坂元が改めて指示を出す。「管内の病院、消防署、児童相談所、それから近隣警察署にも照会をかけてください」

浅井は「了解しました」とうなずいた。席を立ち高野を促す。

「通学路を中心に、ただちに捜索活動に入りましょう」坂元は地域課長をふりかえる。

「望月さん、今晩の当直から何人ぐらい回せますか？」

「十名程度出せると思います」

望月が即答する。

「ただちに手配してください」坂元は助川に向き直る。「副署長、寮員招集をかけましょう」

「招集しますか」助川がしぶしぶ答える。「何名ほど？」

「とりあえず三十名で結構です。通学路付近から捜索に入るようにしてください。検問も行います」

「了解しました」助川は柴崎をふりかえる。「行ってこい」

やはりそう来るかと思った。

内勤の自分ではあるが、さすがに非常時のいまは従わざるを得ない。

「わかりました」

独身の若手警官は署の近くにある寮で生活している。五十名ほどだ。今夜は徹夜になろう。非番の者を中心にそこから集めるしかない。

「中道、学校関係者から情報を取ってこい」

八木が言うと中道は、「心得ました」と口を引き結んで署長室を出ていった。

綾瀬署在職が長い少年第三係係長の中道については、昨年発生した振り込め詐欺《さぎ》事件に関連して、違法ぎりぎりの捜査手法が露見したものの、署長の一存で不問に付されている。職務がら小中学校関係者との交際が深い。誰よりもツボを心得ているはずだ。

「見つからなかったら、明日にはたぶん公開捜査になるな」

助川のつぶやきが耳に入った。

「親御さんに了承してもらわないと」坂元が言った。「公開捜査には備えておきましょう。うちからはどれくらい出せますか?」

「百名出します」助川が言った。「柴崎、機動隊の出動要請をしておけよ」

「百五十名ほどでいいでしょうか？」

二個中隊ほどになる。バス五台分だ。

綾瀬署の百名を加えて二百五十名態勢になる。もとより、こちらから捜索に従事させる署員を最大限出した上で要請しなければならない。

坂元はとりあえず落ち着いた様子で柴崎をふりかえる。「けっこうです。明朝日の出とともに捜索活動に入れるよう、準備しておくように伝えてください」

「心得ました。要請します。彼らの休憩所として講堂が使えるように準備をしておきます」

柴崎は署長室を出て、本部の警備第一課に電話を入れた。

要員の手配がスムーズに行われたため、突発待機している当番隊は夜明け前にバスで到着するという。

機動隊の朝食は不要だが、昼食はこちらで用意しなければいけない。百五十名分か。場合によっては夕食も必要となる。署の食堂だけではとてもまかなえない。朝一番で出入りの業者に発注しなければ。

何よりも気遣うべきは笠原家だ。父智司は冷静さを保とうとしているらしいが、両親ともに心労は著しいだろう。特殊班によるケアだけでは足りないはずだ。明日も人数を減らしながらも営業は行うという。マスコミ対応に十分気を配らなければならない。

明日までに、公開非公開の是非を決めておく必要があるが、それは浅井の返事待ちになる。非公開の捜索だとしても、警察以外に教職員や地元の人々など、大勢の人間に関わってもらわなければならない。情報が洩《も》れて当然という気構えで対処すべきだ。気がつくと午前零時を回っていた。未帰宅者が見つからなければ、今夜は一睡も出来そうにない。

2

翌十一日午前九時。

笠原智司は、首都高速六号三郷線の高架の真東にある区画に、三階建ての事務所兼自宅を構えている。東西の幹線道路になっている中央通りの南側だ。戸建て住宅やアパートの建ち並ぶ中で、事業所の看板を掲げた、こげ茶色の正面外壁はいかめしく映った。

建物横の敷地に自転車が五台ほど置かれている。従業員のものだろう。窓の多く取られた一階部分にはブラインドが下ろされているものの、隙間《すきま》から人影が垣間見《かいまみ》える。

正面玄関の駐車スペースに工務店名が入ったライトバンが停まっている。〈ハイブリッド工法〉なる幟《のぼり》の立った入り口を素通りして、道を回り込む。建物の側面が道路から二メートルほど引っ込み、そこに笠原と書かれた表札のついたコンクリートの門柱があった。スマホから電話を入れると、門扉《もんぴ》の先にある玄関ドアが開いて高野が顔を見せた。門を通り抜け、屋内に入る。

「ご両親は三階の居間です」

高野は言う。

サンダル履きだ。グレーのパンツスーツのところどころにシワが寄っている。

「少しは寝られたか？」

土足のまま階段を上りながら訊いた。

「明け方、客間で横にならせてもらいました。朝食も取りましたので」高野は怪訝《けげん》そうな表情を浮かべる。「さっき課長が来て、きょうは公開捜査を見送るとご両親に伝えていきましたけど……それでいいんですか？」

公開捜査については一両日中に実施ということで笠原家から了解をとりつけてあった。

寮員による捜索や検問と並行して、鑑識課が警察犬を使って捜索している。

江戸川区臨海町《りんかいちょう》に本部を置く第二機動隊が、バス五台を連ねて夜明け前に到着した。ただちに捜索活動に入ると思っていたが、そちらは足止めを食らっているようだ。その理由は柴崎にもわからない。近隣の病院や警察署などの公共機関にも、笠原未希につながる情報は入っていない。署員の大半が捜索に出かけるなか、早朝から雑多な仕事をこなしているうちに二時間が過ぎてしまい、助川から様子を見に行けと命じられてやって来たのである。

「ご両親の反応は?」

「捜索活動は引き続き行われるので承知されましたけど」

「記者は来たか?」

「いえ。いまのところはまだ」

きょうの朝刊で、大手五紙のうちの一紙が女児行方不明とすっぱ抜いた。

坂元がすぐさま捜査一課長に連絡を入れ、霞《かすみ》が関《せき》の本部で記者会見が開かれた。報道協定が結ばれたのだ。

「たまらんだろうな」

「びっくりしてました。未希ちゃんのガンクビ(顔写真)も載っていたし。今後は新聞には載らないと特殊班の人から説得してもらってどうにか落ち着いて」

これからは誘拐も視野に入れ、事件事故の両面から捜索活動が展開される。事態がはっきりするまで報道が行われることはない。

「ブンヤにはくれぐれも注意してくれよ。客に紛れて現れたりするから」

「わかりました。気をつけます」

いつになく神妙だ。

「特殊班は何人来ている？」

「五人います」不安を隠せない感じで高野が言う。「昼すぎに女性捜査員が到着するそうです」

「来たら代わってもらえ。家に帰って休めよ。浅井さんにはそう伝えとくから」

「ありがとうございます」

「大変だが、頑張ってくれ」

硬い表情で高野はうなずく。

本来なら公休日だが、署長命令で明日も仕事につかなければならないのだ。

二階の階段の突き当たりは倉庫兼事務室になっていた。中にふたりの特殊班の捜査員が待機していると高野から教えられる。となりには休憩室のプレートがかかっている。廊下をはさんだ対面に男女別々のトイレ。ここまでは従業員が入ってくるようだ。

廊下の突き当たりにがっしりした木製のドアがある。ここからが住宅になっていますと言いながら、高野がドアを開ける。

三和土《たたき》になっており、靴を脱いでスリッパに履き替える。造りつけの下足入れには、大人と子どもの靴がきれいに整列している。玄関を上がるとサロンふうの洋室になっていた。

「昨日の発表会とやらはどこでやった?」

柴崎は訊いた。

「午後一時から花畑《はなはた》で。こちらの四百棟目に当たる建売住宅だったそうです。まとめて十戸建てたので、大がかりになったと聞きました。夕方からは近くの店で、宣伝を兼ねたパーティを開いたそうです」

花畑は区内だ。

「きょうはどうなった?」

土日も連続して催すのが普通のはずだ。

「中止です。入居者はすべて決まっているので、差し障《さわ》りはないと」

「奥さんも出席したんだな?」

「はい。発表会とパーティどちらも。パーティは区議や地元有志の方々も招待する盛大なものだったらしくて。これを弾みに、本格的に商業施設を手がけようと考えていたらしいです」

「奥さんは接待役か」

「ええ、発表会から取りまとめをしていて、お忙しかったようです」

それで夫婦とも帰りが遅くなったのか。

三階に上る。

大きめの木製テーブルが置かれた食堂があり、窓側に向かって広くリビングがとられていた。三人の男がテーブルについていた。二台の固定電話の前で、ふたりがヘッドセットをつけている。特殊班の落合《おちあい》さんと新井《あらい》さんですと高野から紹介された。軽く黙礼する。落合の前に工務店の会社案内と従業員の名簿が広げられていた。交渉役のようだ。誘拐犯から電話がかかってきたとき、親に代わって対応するのだ。

ふたりと並んで作業着を着た恰幅《かっぷく》のいい男がいて、落合と話し込んでいた。五十代なかばだろう、半白髪で口ひげを生やしている。艶《つや》のない乾いたキメの荒い顔だ。胸に角谷《かどや》というネームプレートをつけていた。

「工務課長の角谷さんです」

高野から紹介され、柴崎は名前と所属を口にする。

「こちらのことは何でもご存じです」高野がつけ足す。「いざというときは、相談に乗ってもらえますから」

ベテランのようだ。誘拐犯から工務店の仕事にからんだ要求があった場合に備えて、待機してもらっているのだ。少し崩れているような印象も受ける。

「ご苦労をおかけしますが、よろしくお願い致します」

角谷に声をかけると、工務課長は軽く腰を浮かせて、

「こちらこそ。何なりとお申し付けください」

と太い声で返事をくれた。

リビングではL字型に配置されたソファに両親が離れて座り、大型テレビに目を向けていた。兄の将太の姿はない。ソファの前のテーブルの上に未希ちゃん行方不明の記事を載せた朝刊が置かれている。

高野から両親を紹介される。厚手のカーディガンを着込んだ笠原智司が狭い額に横じわを作り、すがるような目でこちらを見つめてくる。「ああ、ご苦労様です……あの、公開捜査になってないんでしょうか?」

新聞に掲載されたのだから、公開されたと同じように映っているだろう。

「通学路では現在、署員が検問と捜索を継続しています」柴崎は言った。「先生方に

も、手分けしてクラスの親御さんたちの家を尋ね歩いてもらっています」

未希がふだん使っていた通学路は幹線道路沿いを南北に歩くルートだったそうだが、帰宅時には東綾瀬公園を通ることが多かったらしい。

「お願いしますね」

智司は鼻から抜ける声で言った。肩をすぼませ、行儀良くお辞儀をしてくるので、柴崎も頭を下げた。

智司は大げさな身振りで妻の肩を抱いた。「ああ……もう丸一晩たっちゃったよ、どうしよう、ねえ、母さん」

セミロングの髪をゆらし、妻の佳子がテーブルに顔を伏せるように会釈《えしやく》する。

「どうかよろしくお願いします」消え入りそうな声だ。

色白で卵形の顔は父親以上に面やつれしている。寒いのだろうか、中綿入りのコートを着たままだ。智司のかたわらにも防寒コートが置かれている。

「母さん、警察の方にお願いするしかないからさ」智司は両手を合わせて拝むように、厚い唇を動かす。「後生ですからどうか一刻も早く見つけてやってください」

柴崎はどう言葉をかけてよいのかわからなかった。

「お父さん、すぐに見つかりますよ」

高野が智司の前にひざまずいて声をかけると、智司は何度もうんうんと言って、佳子をいたわるようにその肩を優しく引く。

これまで、ふたりともさんざん事情を訊かれているはずだ。それについての不満はおくびにも出さず、互いを励ましながら子どもの無事を祈っている姿を目《ま》の当《あ》たりにして、何としてでも力にならなければと柴崎は思った。

智司の顔を横から覗《のぞ》き込み、「何かご入り用なもの、ご要望などはありますか?」と、とりあえず声をかけてみる。佳子が心細げに智司の顔色を窺《うかが》っている。

「一分でも一秒でも早く見つけてもらうしかないよ」智司は佳子に声をかける。「女房も思いつく限り電話をかけたんですよ。でも手がかりはさっぱりなくて。なあ」

佳子は思いつめたような表情でうなずくだけだ。

「いいよ、いい」智司が苦しげに声をかける。「うちの社員も総出で捜してくれているんだしさ」

「ええ……」ようやく佳子がつぶやいた。「きょうも捜しに行ってくれるの?」

「夕べも遅くまで捜してもらっているんですよ」智司はちらりと柴崎を見る。「仕事があるからさ。手の空いた人から順に出て行ってもらうから。ね、それでいいだろ」

「そうしていただけると助かります」柴崎は口をはさんだ。「お父さん、ひとつお伺いしてもよろしいですか？」

　ふいの問いかけに智司は顔をこわばらせた。まだなにか用があるのかという目で柴崎を見る。

「従業員の方で、お子さんの行方について、何らかの心当たりがある方はいらっしゃらないのでしょうか」

　何か言いたげに佳子が柴崎を見たが、夫の視線を感じたらしく口をつぐんだ。

　奇妙な間合いを感じたのか、高野も柴崎をふりかえる。

「それはありませんよ、いません」智司がきっぱりと口にする。

　高野が小さくうなずいたのでそれ以上問うのはやめた。同趣旨のことを何度も尋ねたのだろう。

　話したそばから、食卓のテーブルの電話が鳴った。会社にかかってきた電話のようだ。交渉役の落合が従業員を装《よそお》って応対する。仕事の話らしく、角谷と手ぶりを交えて内線を切り替え事務所に回す。

　智司のスマホからも着信音が流れはじめた。家族を気遣う電話らしく、二言三言話してから電話を切る。

「あの、息子さんはどうしていらっしゃいますか？」

柴崎が訊くと、智司がすぐ反応した。

「それがね、風邪で寝込んでいて。こんなでしょ？　調子を崩してしまったと思うんですよ」

「気付かってあげてくださいね」

「あ、はい、ありがとうございます」

智司は震えるような声で言い、テレビに目を向ける。

やはりニュースが気になるようだ。

高野に目配せして、廊下に出る。

「ご両親、ずっとあんな具合か？」

高野は眉《まゆ》を曇らせる。「ええ、一晩中……奥さん、今朝はずっと伏せっていて、さっき起きてきたばかりなんですよ」

「そうか」柴崎は小声で続ける。「きょう、訪ねてきた人はいるか？」

「奥さんが、親しくされている何人かに知らせています」高野は声をワントーン落とした。「今朝方、未希ちゃんと同じクラスの親御さんがおふたり見えられて」

行方不明になった段階で不安になり、すがるような思いでメールを送ったのだろう。

「その人たちはすぐ帰したな？」

「もちろん、わたしのほうから広めないように釘《くぎ》を刺して、すぐお帰りになってもらいました」

「そうか」

ＳＮＳを使っているなら、学校関係者の中でこの話は広がっているかもしれない。

「ほかは？」

「奥さんは専業主婦ですが、教育熱心でＰＴＡの役員をされています。そちらの関係の会長さんや主だった方々は事件をご存じのようです」

「ＰＴＡの人は来た？」

高野は目のあたりに憔悴《しょうすい》の影を見せながら続ける。「いえ、電話だけです。奥さんはずっと泣き通しで、見ていられませんでした」

「女親だからな」

悲観的に考えるのも無理はない。

夫婦仲は悪そうにみえないから、夫が支えになってくれるだろう。

「こちらがご両親や関係者に捜索場所として上げてもらったリストです」

高野から渡された紙には十五カ所ほどが列挙されている。ふだん未希が一緒に遊んでいる友人宅が六つ、文具店と駄菓子屋がふたつずつ、あとは火曜日と木曜日に通っているピアノスクールなどだ。従業員の住まいもいくつかある。番地と電話番号が記されていて、工務店の資材置き場なども含まれていた。いずれもこの近くだ。

「これだけじゃないだろ？」

「はい。学校関係者が作ったリストもありますし。学校帰りには友だちと東綾瀬公園の遊具で遊んだり、シール交換とかをしていたみたいですし」

「公園には寄ったりするのかな？」

「通学路にあるし、寄り道してくることもあるって、お母さんは仰ってます」

「この季節に長居はしないだろ？」

「天気がよければ、子どもたちはけっこう遅くまで遊んでいるみたいです」

昨日の午後の天候は晴れで風もなかった。

「特定の子と約束したりはしていなかったか？」

「そこまではわからないと」高野は廊下の先にあるドアを指さす。「未希ちゃんの部屋ですけど覗いてみます？」

「いいのか？」

「了解は取ってあります」

高野が開けたドアから室内を見た。

三段積みの収納ラックに、おもちゃがぎっしりと詰まっていた。はみ出たものがあたりに散らばり、壁際《かべぎわ》にネズミのキャラクターの大きなぬいぐるみが置かれている。学習机の上には漫画雑誌や教科書が雑然と重ねられていて、椅子《いす》の足下に赤いランドセルが見えた。

「杉村さんと一緒に調べましたが、これといったものは見つからなくて」高野が言いながらドアを閉める。

向かいにも同様の部屋があるようだ。お兄ちゃんの部屋ですと高野は言い、いまは接触しないほうがいいみたいです、とつけ足した。

「従業員の話は聞いたか？」

「あらかた聞きました。どうされます？」

家族と社員からはこれ以上の情報は得られないだろう。

「事務所に案内してくれ」

「はい」

階段を下りて二階の玄関に戻った。事務所スペースに戻る手前で、「従業員は、遅くまで未希ちゃんの捜索に出ていたんだろ？」と訊いた。

「はい、何班かに分かれて。男性従業員はほとんど徹夜で探し歩いていたみたいです。女性の方も十時近くまで手分けして歩いてくださったそうです」

「そうか」柴崎は言った。「お兄ちゃんの様子は？」

大人たちの想像以上にショックを受けているのではないか。

「ずっと部屋に引きこもっています。ご両親は会わせてくれないし」

「そうだろうな」

「実は、さっき、こっそり覗いてきたんです。部屋でゲームをやってました」

靴に履き替えて一階まで下りる。事務所側のドアを開けた。

灰色のカーペットが敷かれたスペースに三つのシマが設けられ、作業着姿の従業員たちが立ったままノートパソコンを見たり、大判のファイルを広げたりしていた。十五人近くいる。やや離れたところに、社長の智司の席らしい両袖《りようそで》机が置かれていた。背後の壁に、施工した建物の写真が額に入れて飾られてある。一般住宅だけでなく、アパートや石材店の事務所もあった。

目を引くのは、事務所の壁を埋め尽くすように貼られた建売住宅のポスターだった。昨日から販売を始めたものだ。地震に強い、土地付き三千万円からとあり、完売御礼の札がついている。同じ図柄のパンフレットもあちこちに置かれていた。

私服姿の柴崎を刑事と思ったのだろう。壁掛のホワイトボードに予定表の書き込みをしていた若い男性従業員が、「未希ちゃん、すぐに見つかりますよね？」と訊いてきた。

「まだわかりません」高野が答えた。「何か情報はありませんか？」

「ないですよ、何も。不審な電話もかかってきていないし。……変わったことないですよね？」

従業員はキャビネットをはさんで、独立した席に並んで座っているふたりの女性に声をかけた。ふたりとも白シャツにベージュのベストの制服を着ている。机上に建築関係の書類はなく、事務を担当しているようだ。

化粧っ気がなく、髪をうしろでひっつめにした中年の女のほうが「何の連絡もありませんよ」と答えた。高野の顔を見て、「奥さん、大丈夫ですか？」とまわりをはばかるように小声で訊いてくる。

胸に吉川《よしかわ》と書かれたネームプレートがついている。

「かなりしんどそうです」高野が答える。

「無理ないわね」吉川が手前に座る若い女に声をかける。「堀田《ほった》さん、様子見に行ってきたら？」

堀田と呼ばれた女は遠慮がちに首を横にふった。

「吉川さんと堀田さんは事務を担当されていらっしゃいます」高野が言った。「おふたりとも、土日は休みなんですけど、きょうは来ていただいていて。夕べは遅くまで捜していただいてありがとうございました」

高野が若い女の肩口から覗き込むように声をかける。

「あ、いえ」

堀田と呼ばれた女は言った。

髪は長い。しっかりアイラインを入れた一重まぶたの瞳《ひとみ》は勝ち気そうだ。尖《とが》った鼻だが、ふっくらした唇とマッチして人並み以上の器量に見せている。

「夕べはどうでしたか？」

柴崎は改めて訊いてみた。

「自転車であちこち探し回ったんですけど全然見つからなくて」堀田は口元を歪《ゆが》めながら深刻げに言った。「心配だわ、ほんとに」

「もうじき見つかりますよ。元気出してくださいね」高野はその肩に手をのせる。堀田の肩がぴくりと震えた。緊張の糸が張りつめているのだろう。「堀田さんと吉川さん、昨日、未希ちゃんが帰ってきたとき、声をかけられたそうなんですよ」

「発表会には出なかったんですか？」

柴崎は訊いた。

堀田は小さくお辞儀をして、「わたし、電話番をしてました」と答える。

「堀田さんとわたしはお留守番でした」吉川が言った。「わたしはふだん、もうひとりの池谷《いけたに》さんていう女性とここで仕事をしているんですけど、彼女が先週から経理のセミナーに行っているので、そのあいだだけ、堀田さんに来てもらっています」

「堀田さんはふだん、加平《かへい》の住宅展示場にある工務店のモデルルームにいらっしゃいます」

横で高野がつけ足す。

「なるほど。で、昨日の未希ちゃんはどんな様子でしたか？」

「未希ちゃんなんですけどね」吉川は事務所の入り口のドアを指した。「あそこから入ってきて、『鍵《かぎ》がかかってる』って言いながら、うしろを通ってそこのドアから自宅に入っていったんですよ。しばらくして戻ってきて、『お父さんとお母さんはどこに行ったの？』って訊かれたんです。ね、堀田さん」

堀田がうなずき、「きょうは発表会に行っているのよって答えました。そうしたら、『あ、そうか』って言って、お菓子を持ったまま玄関の鍵を開けて、外へ出ていったらしくて」と答える。

「鍵というと、事務所の裏手の玄関の鍵ですか？」

「そうです。ふだんは奥さんがいらっしゃるので、ご自宅の鍵は開いたままになっていますが、きのうは鍵をかけて出ていったと思います」

吉川が答える。

そこが閉まっていたから、直接、事務所に入ってきたらしい。

「お菓子を持って？」

「マシュマロのお菓子だったと思います」吉川が続ける。「自宅の方から持ってきたんだと思います。よく、ここにも遊びに来てるし」

高野がうなずいた。繰り返し訊いたのだろう。

「ええ、いつも……」

不安げに答えて堀田は下を向く。

「未希ちゃんは玄関の鍵を開けて出ていったんですね？」

「そのはずです」

吉川の言葉に堀田が何度もうなずいている。

やはり、柴崎が入ってきた自宅の玄関から出ていったのだろう。

「お兄ちゃんの将太くんも同じ頃に帰ってきたんですか？」

「いえ、少しあとです。ここを通って家に入って行きました」

「発表会は何時からだったんですか？」

「式が二時で、四時から懇親会でした」高野が言った。「ご両親は昼すぎに出かけたんですよね？」

「そうでした」

吉川が答え西新井《にしあらい》駅前のレストラン名を口にした。

「あの、奥さんはどんな様子ですか？」

吉川が訊いてくる。

「はい、なんとか」と高野。

事情を聞いている最中にも頻繁に業務上の連絡が入ってくる。社長の子どもの行方不明という状況のもと、従業員たちはかなりピリピリしているようだ。高野とともに自宅側に戻る。

「奥さんはいつも家にいるのか？」

柴崎は訊いた。

「ええ、お菓子を作ったり、子どもたちの面倒をよく見るお母さんです。昨日はご両親ともいなかったので、未希ちゃんは外に遊びに行ったんだろうと思います」

「従業員も奥さんを心配しているな」

柴崎と同じように高野も声を低める。「ふだんから従業員の誕生日祝いを用意したり、社員旅行の世話も一手に引き受けていらっしゃいますから。信頼が厚くて、会社がここまで成長したのも内助の功があったからこそのようです」

家族のいる上階を見上げる。「縁の下の力持ちか」

「ええ」高野は胸に手を当てる。「工務課長の角谷さんも夕べ、食事も取らないで従業員を呼び出したり、捜索場所を割り振ったりしてくれました。ほんとうに助かります」

「古株だな」

「はい、こちらでは一番のベテラン社員です」

ほかにも笠原工務店の関係者について聞いてから、三階に上らず工務店をあとにした。

3

署の裏側にある駐車場には、機動隊のバスが五台停まったままだった。待機している隊員たちが降りてくる様子はない。

署長と副署長の姿が見えなかった。小会議室に来るようにとの伝言が残されていたので、とりあえず二階に設営した対策室に足を向けた。

長テーブルの手前に坂元と助川、刑事課長の浅井が座り、窓際の奥まった席にスーツを着た三人の男がついていた。はじめて見る顔ばかりだ。

「捜査一課の大貫昌治《しょうじ》係長」

浅井から紹介されると、真ん中に座っていた男がうなずいた。

「八係の大貫です」

電話をかけてきた係長だ。小づくりな体だが首が太い。脂気《あぶらけ》の多そうな浅黒い顔立ちをしている。五十前後だろうか。

本部の係長だから階級は柴崎と同じ警部。役職も同クラスになる。

「昨夜はどうも」大貫は立ったままの柴崎に目をあてる。「間もなく、われわれの係の人間と二係から係長を含めて四名。合わせて十名ほどがこちらに到着します」

捜査一課強行犯捜査第二係といえば、大規模な捜査本部の設置を取り仕切る係だ。特捜本部でも立ち上げる気なのか？

そうなれば小会議室にはとても収容しきれない。講堂に本部を設置する必要が出てくる。機動隊員の休憩所をほかに確保するしかない。それについて尋ねると、大貫係長は、「当面はここでけっこう」と無愛想に答えた。

「そっちはいい」こちらも当然という表情で助川が言った。「工務店のほうはどうだった？」

「ご両親は公開捜査を希望されているようですが」

柴崎は告げた。

それを確認するために自分が送り込まれたのだ。

「そうだな。もう地域じゃ知れ渡ってるし」

助川は言い終えると浅井に目を移した。

「じっくりとご両親や関係者から事情を聞いた。未希ちゃんの失踪《しっそう》に家庭内の特別な事情が関わっているとは考えにくいんだよ」浅井が大貫の前に三枚の写真を滑らせる。「本部鑑識が未希ちゃんの写真も用意してくれたし。公開捜査でいっていいね？」

もはや事件もしくは事故に巻き込まれているとみるべきだ。

大貫はまばたきをしない強い目で浅井を睨《にら》みつけた。

「お待ちください。特殊班からは営利誘拐の兆候はないという報告が上がってきておりますが、うちとしては、本日以降、本格的な捜査活動を展開するつもりです。その旨《むね》、ご配慮願いたい」

「配慮……」助川が反発するように答える。「公開捜査に踏み切るということで、ご両親も納得してくださっている。本格的な捜査活動ってどういう意味だ？」

「万全を期すために所要の措置をとる必要があります。急を要します。このまま非公開でお願いしたい」

助川がふと思いついたように、目をしばたたいた。

「笠原家にそれらしい電話が入っているのか？」

「電話会社にいる捜査員からは、そのような報告はないですね」

さらりと大貫が答える。

誘拐に対処するため、電話会社に笠原家にかかってくる電話をチェックする捜査員を送り込んでいるのだ。人命に関わる場合、令状は不要である。

坂元と浅井はふたりのやりとりを見守っている。

「だったら何なんだよ？」助川が理解できないというように訊《き》いた。

「要注意人物がこちらの管内に住んでいます」大貫は声を低めた。「水口文彦《みずぐちふみひこ》三十三歳。弘道《こうどう》二丁目、都営アパートに単身で在住」

「水口文彦……」

助川がつぶやきながら、大貫の顔に見入った。

「覚えておられませんかね？」皮肉めいた口調で大貫は言った。

「五年前の玲奈《れいな》ちゃん誘拐殺人事件の容疑者」

「柏《かしわ》市の玲奈ちゃん事件か……」

坂元が深刻そうにつぶやいた。

関東地方の警官なら忘れられない事件だ。

千葉県柏市で七歳の女児橋本《はしもと》玲奈が下校途中に誘拐され、一週間後、市内の雑木林で絞殺体《こうさつたい》で見つかった。最重要容疑者として指名手配された犯人の名前がたしか水口だったはずだ。逮捕直後に罪を認めて自供したものの、しばらくして否認に転じた。人権派弁護士がつき、彼に乗せられる形でマスコミも味方して、起訴されることもなく数カ月で釈放されている。あの水口が管内に住んでいる？ 弘道二丁目といえば、笠原家のある綾瀬四丁目の目と鼻の先、四百メートル足らずだ。

話が長くなりそうなので、柴崎は浅井の横に腰を落ち着けた。

「われわれの調べでは、一年ほど前にこちらに住み着いているんですよ」大貫は綾瀬署の怠慢を臭《にお》わせるような態度で続ける。「現在は竹の塚《づか》の運送会社に勤めているはずです」

坂元がまじまじと大貫を見つめる。「ほんとうなの？」

「何ていう会社だよ？」

助川が身を乗りだした。

「共和《きようわ》運送。従業員七名ほどの小さな会社です」

「水口はトラックの運転手をやってるのか？」

助川が続けて訊く。

「フリーペーパーなどの配送業務です」

「水口が怪しい動きをしているというの？」

ややヒステリックな性急さで坂元は続ける。

「まだわかりません。捜査待ちです」

大貫が答える。

「アパートにいるのか？」

助川が訊く。

「不在です」

よそよそしい態度に終始する大貫に助川が不機嫌そうに続ける。「大貫係長、そっちだけわかってりゃいいってもんじゃないだろ。事情を聞かせてくれないか、事情を」

「彼はこの四年、頻繁に住所や勤務先を変えていますからね」それまでの態度を改めることなく大貫は言った。「こちらの署で把握していないのも、まあ、無理はないかもしれないです」

「責任のなすりあいをしてもしょうがないだろ。詳しい情報が必要なんだ」

聞いている坂元の顔が青ざめてくる。

「署長、どうかしましたか？」

思わず柴崎は口をはさんだ。

「あ、いえ」坂元は苦痛に喘《あえ》ぐような表情で言った。「……しかし、あの水口が」

激しいショックを受けているようだ。言葉がすぐに出てこない。

「水口の家族は？」

助川が署長の代弁をするように言う。

「柏で父親がひとり暮らし。母親は水口が二歳のときに家を去っています」

「じゃあ訊くが、釈放されたやつをどういう理由で追いかけるんだよ」助川が席を立ち、大貫を見据えた。「性犯罪者登録でもされてるのか？」

「そうできればよかったんですがね」

大貫が助川の視線を避けながら言った。

子どもに対して暴力的性犯罪を犯して実刑判決を受け、服役した人間について、警察は法務省から出所情報を受ける。それに基づき所轄署《しよかつしよ》は住まいを巡回したり面談を行ったりするが、起訴されずに釈放された場合にはこの規定は適用されない。しかし、捜査一課なら情報を握っていてもおかしくはない。

坂元はようやく我を取り戻したようで、議論を遮るようにテーブルの上で腕を組んだ。「まだ事件事故、どちらともつかない状況とは思いますが」いたたまれないように大貫を見やる。「かりに事件だとしたら、犯人は水口文彦だと言うの？」

「あくまで重要参考人のひとりとしてカウントしているだけですよ」大貫はジェスチャーを交えて答えた。「こちらで行われている捜索活動へ助言するにやぶさかではありません。しかしながら、彼による犯行だと仮定した場合、公開捜査は証拠隠滅等の危険をはらみますので、保留していただきたいとお願いしているまでです」

いまにも刑事部長指揮で特別捜査本部を立ち上げるという意気込みすら感じられた。所轄ごときが方針を立てるなと。

捜査一課の経験がある刑事課長の浅井は、どっちつかずという顔付きで、一言も発しない。

「遊んでいて川に落ちたのかもしれないし、地元の変質者の家に引っ張り込まれた可能性だってある」助川が反論する。「クルマによる連れ去りも考えて、十分な聞き込みと防犯カメラの映像収集が要る。女の子の命がかかっているんだ。公開して地元からの情報をひとつでも多くすくい上げるのを優先するべきじゃないか？」

大貫は表情ひとつ変えず、「変質者はピックアップできていますか？」と返した。

「たとえで言っただけだろ」助川が言う。「うちが把握しているだけでも、六、七人はいるぞ」

大貫はそんなことなど百も承知というふうに、「水口文彦の犯歴についてはご存じですよね？」と返した。

ここは所轄の刑事課長として一言あるべきではないかと浅井をうかがうが、相変わらずの様子見だった。坂元はテーブルに置いた手を引っ込め、困惑を深めた様子で黙り込んでいる。ならば自分がと思い柴崎は口にした。「玲奈ちゃん事件の前にも幼女に対するいたずらや傷害で捕まっていたと記憶していますが」

大貫は加勢を得たとばかり、大きくうなずいた。

「柏生まれで中学校時代から女児へのいたずらを始めている。高校二年生のとき、六歳の女の子の服を脱がせて写真を撮ったのが露見している。二十二歳で東京の金町《かなまち》に移ってきて、しばらくおとなしくしていたが、二十四歳の十月、公園で水口が女児に声がけしたとき、目撃した男と口論の末、揉《も》み合いになり男に怪我《けが》を負わせた。このときは傷害で懲役六カ月執行猶予《ゆうよ》二年の判決。二十八歳で柏市に戻り、その翌年、市内の公園で公然わいせつ行為を行い、そして三月、玲奈ちゃん事件が起きた」

金町は足立区の東隣にある葛飾《かつしか》区の街だ。直線距離で四キロ足らず、同じ常磐《じようばん》線沿いにある。そこから北東に十六キロ行けば千葉県柏市に至る。

「だからと言ってそいつとは……」

助川が反論するのを制するように、坂元がつぶやいた。「水口による犯行の線も考えて、しばらく非公開で行きましょう……」

捜査一課の軍門にあっさり下ったような発言だ。あの事件の容疑者だった人物が管内に住んでいるという事実が坂元を打ちのめしているように見える。あくまで非公開に固執しているのは、大貫というより一課長だろう。これ以上の反論はできそうになかった。

割り切れないといったような表情ながら助川はうなずいた。「わかった。とりあえず、非公開で行く。同時にうちはあらゆる地元のチャンネルを使って、一刻も早く未希ちゃんを見つけるべく捜査を続行する。有力な情報が出次第、公開捜査に切り替える。それでいいな？」

「けっこうです。マスコミ対応はそちらでしてください。水口の件についてはくれぐれも保秘でお願いします。聞き込み等はわれわれで対応します。今後、この部屋に無断立ち入りがなされないよう周知していただけますか」

もっとも苦労する点を淡々と委《ゆだ》ねた大貫に、助川が怒りの眼差《まなざ》しを向けた。

「機動隊も待機させているし、昨夜来、現地では捜索のために大勢の署員を繰り出しているんだ。気づいてる住民だっている。ネットでもさかんにデマが飛び交っているぞ。どうやってブンヤを押さえろっていうんだ」

「それについては報道協定を締結ずみですから」

「誘拐と決まった訳じゃない」助川が力んで言った。「まだそれらしい電話一本、かかってきていないんだろ」

「笠原工務店は手広く商売をしているようだし、狙《ねら》われる要因があるというだけでも十分じゃないですか」

大貫が答える。

誘拐犯なら目をつけるであろう資産家であり、誘拐の可能性が高い。そう言ってマスコミを押し切れると言いたいのだ。

助川が首を振ってため息をついた。「機動隊にはこのまま待機してもらう。捜索活動については、寮員招集をかけてあるから午後一番ではじめる。いいな？」

大貫はうなずいた。

「となると、基礎捜査はすべてこちらで負うことになりますね」柴崎は口をはさんだ。「未希ちゃんの交友関係、変質者の絞り込み、防犯カメラの録画映像も集めないといけませんが……」言い終えて坂元と助川の顔を見やる。

「やるしかないだろ」

助川が開き直るように答える。

浅井はまたしても横を向いたまま、答えなかった。エキスパートである捜査一課の意向にはそむけないというのだろう。

目のやり場に困り、笠原家から提供された未希の写真を覗き込んだ。

おかっぱ頭でやや茶色がかった縮れ毛をしている。赤い花模様のブラウスに白いプリーツのスカート。別の写真にはピンク色のズック靴を履いている姿が映っている。

丸顔だ。目元が離れ、すっと眉が横に伸びている。きらきらとした黒い瞳が印象的だ。母親とよく似ている。

坂元が一区切りついた表情で大貫に向き直った。「水口が管内に住んでいる以上……うちとしても、一課には全面的に協力しないといけませんね」

「お願いしますよ」

大貫が答えた。自信ありげに胸をそらしている。

「こちらこそ、よろしくお願いします」坂元が一礼する。「速やかな逮捕に結びつけてください」

「心得ました」

助川が理解に苦しむというように言った。「万が一営利誘拐だった場合、大丈夫なのか？」

「そのときはまた対応しますので」

「だめだな、それじゃ。被害者対応が手薄になっちゃ元も子もない」

「このヤマは誘拐ではない可能性が高い。したがって、被害者対応はそちらでお願い致します」

大貫がごく当然というふうに言い、坂元に目を移した。

坂元は眉根を寄せつつうなずく。「……いいでしょう。そちらもうちでやります」

そう口にし、助川と浅井を交互に見た。「刑事課、地域課、交通課、生安課、警備課──全署態勢で捜査活動に入るよう改めて申し渡してください。それぞれの分担は、浅井さん、あなたが決めて」

浅井が体をピクッとさせてうなずいた。

「刑事課が中心になって捜索先のリストを見直せ。笠原家と従業員たちからもう一度事情聴取しろ」追いかけるように助川が言う。「杉村は引き続き笠原家の面倒見。生活安全課は学校関係者の事情聴取を続行。柴崎、おまえは公開捜査に備えて、未希ちゃんの写真を大至急印刷しろ」

「はっ」

「代理」坂元が言った。「捜査本部設置に向けての講堂の設営など、所要の措置も講じてください」

「了解しました」

「そんなものは三十分もあればできる」助川が言った。「被害者対応はおまえんとこの仕事だ。しっかりやってくれ」

「笠原家のですか？」柴崎は訊き返した。

犯罪被害者の対応は警務課の任務の範疇《はんちゅう》だが、現在進行形の事案に関してはその限りではない。まだ事件とは決まっていないのだ。

「家族や従業員と顔つなぎができているんだろ」憮然《ぶぜん》とした口調で助川が言う。「こんな調子じゃ、特殊班はいついなくなるかわからん」

「……心得ました」柴崎は答えた。「高野には引き続き、ご家族の面倒見をさせたらいかがでしょうか？」

「大丈夫かしら」

坂元が不安そうに言う。

重大な案件だけに心許《こころもと》ないと思っているのだろう。

「最近は力をつけてきていますし、これまでも慎重に行動をしていますから」柴崎は言った。「ご家族への配慮はできているようですし、経験を積ませる意味からもやらせてみたいと思います」

「そう」

坂元は納得していないように言った。

「杉村の代わりに高野がやればいい」助川が言った。「あとは柴崎がときどき顔を見せればいいでしょう」

それくらいの助力はすべきだろう。

「わかりました」

軽く頭を下げながら、大貫の様子を窺う。

この段階で水口に的を絞るという方針には釈然としなかった。それを鵜呑《うの》みにしている署長の坂元にしても、感情が先走っているように見受けられる。

ひょっとして、一課はすでに重大な手がかりを得ているのではないか。そう勘ぐりたくなり、水口に関する情報の提供をお願いできませんかと改めて口にしてみた。

「まだたいした情報はありませんから」

白々と大貫が答える。

「捜査支援分析センターを入れているんだろ?」助川が訊く。

防犯カメラの映像の回収と解析を受け持つ刑事部の組織だ。かなりのスキルを蓄積しており、早期検挙に結びつける事例も増えている。

「ですから、あらゆる手段を用いて捜査を開始していますよ」

と大貫はそれを肯定する。

「わたしも警察官に成り立てのころ、大阪の曾根崎《そねざき》署で今回と似た事案を経験しています」坂元が重たげに口を開いた。「生活安全課の性犯罪対策係長として、事案解決の一翼を担《にな》い、必死で取り組みましたが、結果として女の子は死体で戻ってきました。

「……あのときと同じ轍《てつ》は絶対に踏みたくない」

そうだったと柴崎は合点した。呑《の》んでいる席で、坂元は何度かその苦い思い出について悔しそうに語ったのだ。

大貫は面食らったように、目をそらしている。

「大貫係長」坂元が問いかけた。「一点、気にかかることがあります。柏市の事件で、水口が釈放されたいきさつを一課はどの程度把握していますか？」

「それなりですね」

「摑《つか》んでるんだろ」助川が言った。「それとも、千葉県警に照会するか？」

大貫は気分を害したように唇を少し尖らせた。

「照会したところで、ろくな資料はないですよ」

「これだけ広く知れ渡った事件だし、情報を握っていて損はないんじゃないか」助川が続ける。「最低限、千葉県警に問い合わせるべきだろ」

「その必要はありません」

あくまで突っぱねる気らしい。助川があとに引けないように、

「ちょっとわからないなあ」

と加勢を頼む案配で坂元に顔を向けた。

「浅井課長、ただちに柏署に出向いてください」

坂元に命じられて浅井の顔に混乱が広がった。

「わたしがですか？」

浅井は大貫の顔を見ているが、同行しますという声は出なかった。

「署長、柏署より、まず県警本部の捜査一課ですよ」助川が言う。「当時の担当は異動しているだろうから」

「そうですね。まず県警本部に電話を入れてみてください」

浅井は大貫の顔色を窺いながら気乗りしない様子で応じた。

高速道路を使えば一時間足らずの距離だ。しかし他県警ということもあり、浅井にしても敷居は高そうだ。

「柴崎」と助川に声をかけられた。「運転手役でおまえも行ってこい」

言葉を返しそうになったものの、浅井の様子が気にかかり、「わかりました」と応じた。

忙しい日になりそうだ。

4

綾瀬署を出たのは午後二時を回っていた。署に近い加平の入口から、首都高速六号三郷線に入る。制限速度の八十キロを保ちながら、三郷ジャンクションを直進し、常磐自動車道を水戸方面に向かって北上する。あと十キロほど走れば柏インターだ。

「水口が釈放された理由はなんなのでしょう？」

柴崎は助手席で腕組みをしたまま、口を開かない浅井に訊いた。

「知らんよ」

素っ気ない答えが返ってくる。

一時はマスコミを騒然とさせた捕り物劇だったが、数カ月足らずで水口の話題は消えてしまったという印象がある。

江戸川を渡った。平坦《へいたん》な田園風景が続いている。

柏市は千葉県の北西部に位置する。利根《とね》川を挟んで、北は茨城県と接し、東には手賀沼《てがぬま》をはさんで我孫子《あびこ》市がある。人口は四十万人ほどで、東武野田線やJR常磐線、そして国道六号と十六号線が交差する交通の要《かなめ》でもある。平坦な下総《しもうさ》台地の上に市街地が作られた。周辺には里山も残り、まとまった農地も多い土地柄だ。

常磐線柏駅周辺の市街地から三キロほど北西につくばエクスプレスが通り、東京大学柏キャンパスや研究所も立地する文教地区が形成されている。柏駅と常磐自動車道との中間あたりに、水口の実家がある。

「刑法犯認知件数は十年連続でワーストワンだ」

ぼそりと浅井がつぶやく。

「県内で？」

「ああ。三十九署ある中で」

同じ千葉県の松戸市に住んでいる浅井は、それなりに地元に関心があるようだ。

「そうだったんですか」

二年ほど前にも、柏署の目と鼻の先にある住宅街で、連続通り魔殺傷事件が発生している。当時二十五歳の被疑者男性が事件直後に目撃者を装《よそお》って、テレビカメラの前でしゃべったり、逮捕時に報道陣に向かって意味不明の言葉を叫んだ姿が鮮明に記憶に残っている。それについて話題にしてみると、浅井は、「あいつ、公判でも反省の色は見せていないようだな」と重たげに言った。「死刑にしろとか、出てきたらまた殺してやるとか、ほざいてやがる」

「ニュースで見た覚えがあります。ほかにくらべて犯罪が多いんですかね」

「いや、捕まえるほうの手が足りないってことだ」

人口四十万人を抱える市域をひとつの警察署で抱えるのには無理があるのだろう。柏署の署員数は、綾瀬署より少ない三百名ほどらしく、綾瀬署の管内人口は二十万人だから、単純計算で警官ひとりが倍以上の事件を処理する計算になる。

柏インターを出て国道十六号線を南に走った。案内表示板に従い、交差点を右に取る。左手にごつごつした感じの建物が見えてきた。柏署のようだ。綾瀬署をひとまわり小さくした五階建ての建物だ。薄茶と灰色のツートンカラーで、四階と五階部分が外に張り出す形をしている。左手に二階建ての車庫が並んで立っていた。

地方の警察にしては大規模な部類に入るに違いない。署内は手狭だろう。

綾瀬署を出て三十五分足らずで着いた。

正面玄関手前に車を停め、建物に踏み込んだ。

運転免許更新の窓口の並びにある警務課で用件を伝えると、でっぷりした制服姿の男が身を低くするようにカウンターから出てきた。廊下の先にある別室に案内され、ドアが閉じられた。

窓はなく、テーブルと椅子《いす》が四脚あるだけの狭い部屋だ。

浅井によれば、千葉市中央区長洲《ながす》にある県警本部捜査一課ではなく、柏署を訪ねるように要請されたという。どのような人間が対応するかまではつかんでいない。

三分ほどしてドアが開き、五十代と思われる男がふたり入ってきた。どちらも示し合わせたように、濃紺のスーツ姿だ。体格のいい骨張った男が、千葉県警捜査一課管理官の辻本《つじもと》ですと自己紹介した。艶《つや》のない四角い顔だ。半白髪の髪をワックスで整えている。

浅井と同時に立ち上がり、それぞれ自己紹介をすませる。

辻本は会釈《えしやく》ひとつせず席に着きながら、もうひとりの痩《や》せ気味の男が刑事課長の平《ひら》岡《おか》だと示す。髪を短く刈り上げ、いかにも現場向きの引き締まった顔付きだ。

辻本が両腕を机に乗せ、軽く拳《こぶし》をつくった。

「それで、女の子は見つかりそうですか？」

と切り出してきた。

すでに千葉県警本部には、笠原未希行方不明事件について連絡済みだった。水口が笠原家から四百メートルほどの都営アパートに居住していることも知らせている。

「いや、まださっぱりです」

浅井が答える。

「厄介ですね、お察ししますよ」

「子ども相手ですから、一刻の猶予《ゆうよ》もなくて」

浅井は短く応じ、辻本の出方をうかがった。

「本部のほうから水口の件でと伺っています」もったいぶった言い方で辻本は続ける。

「具体的には、何をお話しすればいいんですか？」

笠原未希の行方不明に関連するような情報を持っていませんかと口に出しそうになった。

浅井がそれより先に、

「あらゆる可能性を排除しない段階ですので」

と答えた。

「水口が誘拐した証拠なり目撃証言が出てるのですか？」

予想どおり、相手が踏み込んできた。

「ですから、いま申し上げたとおり、様々な方向より捜索活動を進めている途中なのです」

「それはわかりますが」辻本は平岡の横顔を一瞥《いちべつ》する。「たまたま近所に住んでいるというだけで水口に嫌疑をかけるのはどうなの？　野郎に何か怪しい動きでもあるの?」

くだけた調子に変えて訊いてきたので、浅井が即座に返す。

「それが、行方がつかめないんだよ」

「……まだですか」

平岡があいだに入ってくる。

「居所はうちでもわかりませんよ」

辻本が言った。

煮え切らない。時間がもったいなかった。

「わかっています」柴崎が口を開いた。「うちとしては、水口に関する情報を出来るだけ集めておきたいんです。当時、捜査をご担当されたんですよね?」

辻本は唇を引きしめ、柴崎に顔を向けた。「五年前、わたしはいまの平岡の立場で捜査は本部の一課主導で行われていましてね。指示を受けながら、横並びで捜査をしていました」

五年のあいだに所轄署の刑事課長から本部の捜査一課の管理官になったのだから、順調な出世だろう。両方の立場でものが言えるのだ。

「当初、水口は公務執行妨害で逮捕されましたね」柴崎は続ける。「玲奈ちゃん事件について、任意同行を求めたのですか？」

「もちろん、そうしましたよ。玲奈ちゃんの行方不明と同時に捜査を始めて、遺体が発見されたときには、水口の名前は上がっていましたから」

「かなり抵抗したわけですね？」

「当時やつはクルマ用品専門店に勤めていて、そこの駐車場で声をかけたんですよ。暴れまくったのでうちの署員が一週間程度の打撲傷を負いました」

やや上ずった調子で平岡が言う。

「そうだったんですか。で、アリバイはどうでした？」

「当初は確認できていなかった」

「あとになって確認できたのですか？」

「いや、アリバイはずっと未確認だったと思いますね」

肝心の中身については教えてもらえず、イライラしてきた。発言を促すように浅井の横顔をうかがう。

「玲奈ちゃん誘拐殺人事件について、当時の新聞記事を、ざっとですが、見てきました」浅井が記事のコピーを広げる。「逮捕直後の取り調べでは、水口は自宅から徒歩でやって来て、物流倉庫の裏手で下校中の玲奈ちゃんと出会い、下水処理場を囲む雑木林に誘い込んだと言っています。小道を五十メートルほど歩いたところで、イタズラしようとしたものの抵抗されたため、玲奈ちゃんのスカートのベルトを使って絞め殺した。そのあと、イタズラ行為を行ったうえに財布を奪って逃げたと自供しています。そこまではいいですかね？」

母親の証言で財布には三百円ほどの小銭が入っていたのがわかっている。

辻本が無言でうなずいた。

当時、玲奈は田中北小学校に通っていた。父親は柏市内の医療機器を製造する工場勤務で、母親は靴販売店のパートをしていて、行方不明当時は双方自宅にいなかった。

遺体を見つけたのは、捜索活動で山狩りに入っていた機動隊員だ。

「そのあと、三回の再逮捕を繰り返しているあいだに自分は殺していないと全面否認に転じた。この理由については？」

「だから、弁護側が物証がないという主張をはじめたせいですよ」

「それは新聞に書いてありました」柴崎は我慢できず割り込んだ。「警察は遺体が埋められていた付近を捜索し、複数の証拠品類を押収《おうしゅう》していたし、友人や住民の目撃情報を収集して、万全の構えで起訴に向けて準備をしていた。にもかかわらず、逮捕から二カ月半後に処分保留で釈放されました。いったい、何が起きたんですか？」

「ですから……」

それから先は言いたくないという案配で辻本は押し黙った。

「もう一度、はじめから確認させてください」浅井がまばたきひとつせず、ふたりを見据えている。「公妨（公務執行妨害）のあとは、公然わいせつ、死体遺棄、それから強盗殺人容疑で再逮捕をくり返したと記憶していますが、それで間違いないですか？」

「おおむね、そのような順番でしたな」

平岡の言葉は少ない。

「一件につき、すべて、ふた勾留《こうりゅう》とっているから、請求期間と合わせて八十日強の勾留になりますが、釈放したのはこの最終日？」

浅井が訊いた。

「……だったですね」

「公然わいせつというのはどんな中身になりますかね？」

「柏公園で小学三年生の女の子ふたりに、自分の陰部を見せてね」

平岡が答える。

浅井が軽く首を傾《かし》げた。「玲奈ちゃんが殺される前？」

「ひと月前だったかな」

平岡がテーブルの上で指をトントン叩きながら答える。

「被害届は出されているんですね？」

「もちろん」

浅井は首の後ろを擦《こす》りながら、

「公妨のあとに、公然わいせつですか」

と不信まじりの口調でつぶやいた。

同感だった。すぐにでも、死体遺棄の疑いで逮捕するべきではなかったのか。へたをすれば、別件逮捕のそしりをまぬがれない。

ふたりは押し黙っている。

「こちらも、ふた勾留取ったのは理由がありますか？」

本件はあくまで殺人容疑なのだから、公然わいせつでの勾留はひと勾留の十日間がいいところだ。

「しっかり、やったんですよ」

憮然とした面持ちで平岡が言い放った。

それを受ける形で、浅井が食い下がる。「地図を見ると柏公園は水口の自宅がある大室《おおむろ》から、六キロくらい離れてますよね」

大室は常磐自動車道の柏インターチェンジから南に伸びる国道十六号線近くの集落だ。

「クルマで来たんでしょうよ」

平岡が受け流す。

「そうですか……」浅井は体を入れ替えるように斜め向きにした。「それは置いておくとして、三つ目の死体遺棄ですよね。検察は即、起訴しなかったんですかね？」

そこが呑み込めないところだった。世間が注目していた事件だったのだ。四つめの強盗殺人容疑についても言えるが、検察はすみやかな起訴を求められていたはずだ。

ふたりは、たがいにそっぽを向き、言葉を発しない。

「とにかく、その二カ月半で釈放か……」浅井が口ごもる。「よっぽどの弁護士がついたんでしょうね」

弁護士の三文字が出ると、平岡がさっと辻本を窺った。自分が答えるべきか訊いている顔だ。

「いったんはうたったあと、弁護士が変わったんですよ」今度は辻本が口を開いた。

「逮捕後、一週間もしないうちにね。影山《かげやま》っていう筋金入りの左翼だった……」

言葉尻《ことばじり》を切った。

「それは初耳ですね」

辻本は両手を机に置くと、軽く拳《こぶし》を握り、少し間を置いてから語りだした。「やつの両親は早くに離婚してね。たしか、二歳のときだったかな。当時、水口の家には祖母がいたけど、基本的に、やつは男手ひとつで育てられたんです」

「父親が何か？」

浅井の言葉に辻本がまぶしげな顔で応じた。「今年六十になった水口モトアキという男でね。古い家柄なんです。車のディーラーに勤めていたけど、当時はもう退職していましたね。この父親が市内に何カ所か、土地を持っていてね。田畑がほとんどだけど、十六号線沿いにもある。市内の業者が開発をもくろんで、売ってくれないかと長いこと、声をかけていたんですよ。立花《たちばな》不動産という会社ですけどね。ところが、父親はずっと門前払いしていた」

「その土地がなにか？」

柴崎は訊いた。話が見えない。

「その十六号線沿いに、立派な特養が二棟建ったんだよね」

農地であっても、社会福祉施設なら建てることができると聞いたことがある。

「つまり、そのタイミングで父親が土地を売ったってこと？」

浅井が口をはさんだ。

「確かめたわけじゃないけど、土地を売る代わりにいい弁護士をつけろって条件をつけたとか、そんな噂《うわさ》があとになって流れた。いま思うと、その不動産屋の社長は顔が広いから、あちこち声をかけて、それであっという間に支援の輪が広がったような気がするね」

その不動産屋は少々金をかけたとしても、余りある利益を得ただろう。

「そうやって弁護団ができたわけか」

浅井が言う。

平岡が上体を前に傾けた。「弁護団というのは言いすぎじゃないですか」

「失礼。ごもっともです」

浅井が頭を掻いている。

裁判も開かないうちから弁護団というのはおかしい。

「言葉はどうでもいいんですけどね」辻本が背を丸めて言う。「支援者は支援者で本気で無罪を信じ込んだために、勝手にカネを集め出すしさ」

弁護士の術中にはまったのかもしれない。

「水口ってさ、妙に人懐《なつ》っこいっていうか、純朴にみえるっていうか。取り調べの初期段階でも、しょぼんとして、まあまあ犯行を認めていたんですよ。影山から否認を吹き込まれたら、貝みたいに閉じ籠《こ》もりやがって……」

辻本は悔しげな顔で腕を伸ばすと、シャツの袖《そで》を引っ張った。

当時、ひっきりなしにテレビに登場していたので水口の顔はうっすらと覚えている。大それたことができるような人間という印象は受けなかったのだ。

平岡が「弁護士から、強盗殺人容疑を認めると刑期が十五年から無期に延びるぞと脅されたんですよ」とかぶせる。

殺人罪だけなら刑期はおおむね十年程度だが、そこに強盗が加われば無期刑とされるケースが多いのだ。

「水口はこちらの署に留置されていたんですよね？」

柴崎が訊いた。

「そうですよ」と平岡。

「支援についた連中が、当時水口と面会したときの談話が新聞に載っていますが、面会は禁止されていなかったんですか？」

平岡が首を横に振る。「逮捕から二カ月後くらいだったかな、接見禁止が解けて、何度か会ったはずですよ」

柴崎は浅井と目を合わせた。

「でも、否認していたんですよね？」

否認事案の場合、被疑者が弁護士以外の人間と会うと証拠隠滅などを指図する恐れがあるので、担当検事は接見禁止措置をとるのが通例だ。

辻本が代わって答える。「まあ、当初は、認めていたからなんじゃないの」

平岡が「うちだって処分保留で釈放されるまで、踊らされたんですよ」とつけ足す。

言い訳めいた言動に浅井が身を乗り出した。「そのあたりの事情はわかりました。端緒になった公防はどうなの？」

左派系弁護士ならば、まず第一に公務執行妨害による逮捕の妥当性について、突いてくるはずだ。

辻本は軽く腕を組み、椅子にもたれかかった。「さんざん言われたな」

「それでも、最終的には強盗殺人容疑の逮捕状は出たわけですから」浅井が言葉を継ぐ。「起訴に持ち込めなかった理由は？」

その視線を避けるように辻本は顔をそむけた。「まあ、物証が足りなかったの一語でしょう」

暖簾《のれん》に腕押しだ。やって来た意味すら次第に怪しくなってくる。

「遺体には暴行された形跡が顕著に残っていたと報道されていたと思いますが、それについては？」

ふたたび浅井が訊いた。

「はあ、陰部をはじめとして両脚、腹部にかなり。歯の欠損も」

「歯の欠損」浅井が応じた。「それって、報道されましたっけ？」

まずいことを口走ったとばかり、辻本は手を口もとにあてがった。

「……右上顎側切歯《じょうがくそくせつし》が抜かれていてね」

「じょうがく？」

「歯医者さんで右上二番とか、聞いたことないですか？　ここ」

辻本は自分の口を開き、上顎《うわあご》を押し出して、前歯のうちの一本に指をあてがった。

右の犬歯の前にある歯だ。

「犯人が抜いた？」

「マスコミには発表していませんけど、そのはずです」

「それを水口にぶつけた？」

尋問口調で浅井がたたみかける。

「もちろんですよ」

犯行時に歯を抜いたんだな、と取調官は水口を責め立てたのだ。

「それをやつは認めた？」

辻本がしかめっ面《つら》でうなずく。「はっきりと認めたわけではなくて、取調官が歯の配置図を見せて、歯が抜けているがどの歯だと訊いたところ、右上二番を指した」

まじまじと辻本の顔を見つめた。

「その歯は見つかっているんですね？」

柴崎が割り込んだ。

辻本は残念そうに、「いや、見つかってなくて」と小声で言った。

「何のために抜いたのかね？」

さりげなく浅井が突っ込む。

「それがわからなくて」

「欲望のおもむくまま、口を使わせたとか？」

そう問いかけてみる。

想像したくもないが、増長して、さらなるおぞましい行為に走ったのかもしれない。

「いや、司法解剖で調べたけど、口淫《こういん》させた形跡はなかった」あっさりと辻本は答えた。「記念に持ち帰ったという捜査員もいたけどね」

「成人女性に興味はなかったのかな？」

浅井が尋ねる。

「たぶん。一度、デリヘル嬢を呼んだことがあったらしいけど、取り調べのあいだじゅう、ずっと大人の女は嫉妬《しっと》深いし、汚れているとか口走っていたからね」

「とにかく、一旦《いったん》は、罪を認めていたんですよね？」

「ええ。誘拐した女の子は頭がよさそうだったから、自分の顔は絶対に覚えられているし、家に帰らせたくなかったとかね」

そこまで言っていたのか。

やはり本ボシであるのは間違いないように思えてくる。

浅井は新聞記事のコピーに目を落としながら、

「犯行現場は下水処理場のそばの雑木林とされていますが、ひと月後、玲奈ちゃんの財布は、そこから離れた高速道路わきの雑木林で見つかったとなっていますね。どうして？」

と蒸し返す。

「あらためて捜索を行った結果ですよ。家に帰る途中で捨てたと自供した場所でしたね」

浅井はまだ納得しないようで、記事を目で追っている。

いまの段階でこれ以上、当時の情報はいらない。話を本筋に戻さなければ。

「よろしいですか？」柴崎は言った。「かなりの確度で水口が実行犯であると千葉県警が考えていたと記憶していますが、それはいまでも変わりありませんか？」

「否認に転じてから、いかにも、ぼく、してませんなんて顔をするようになりやがって」平岡が苦し紛れに言う。「上っ面《つら》だけなんですよ。こっちは、びんびん感じたね」

辻本も渋面を作った。「……まず、野郎の犯行でしょ」

当時、捜査を指揮する立場にあった人間がいまでも確信を持っているのだから、その下の捜査員は全員、水口による犯行を疑っていなかったはずだ。

「捜査の継続はなされなかった？」

痛いところを突かれたとばかり、辻本は一瞬、歯を食いしばった。その表情が少しずつ変化してゆき、何を言いたいのだという顔つきになった。綾瀬での女児の行方不明が水口による犯行である証拠でも上がっているのかと。

「代理」

浅井にとりなされて、柴崎はそれ以上訊くことができなかった。

「そのあと、やつは東京へ行ったけどね」

辻本が言った。

「それからあとは追っかけていない？」

浅井がその呼吸を見計らったように訊く。

「ああ、ない」

刑事同士の独特な会話についていけなくなった。

お茶一杯出てこない対応に嫌気が差してくる。

「その後、玲奈ちゃんのお母さんとはお会いになりました？」

浅井がさりげなく訊いた。

ふたりはまた顔を見合わせた。

「最近は会ってないですね」

と辻本が息をつく。

「わたしもお会いしたのは、もう四年前になります」平岡が続ける。「事件から一年経過していたんですけど、げっそりやつれてしまっていて」

「二年くらい前に地元紙にインタビューが載っていたんですけどね」辻本が言う。

「いまでも、一日中玄関の戸を開けて帰宅を待っているとか。辛《つら》くて読み続けられなかったな」

「管理官」柴崎は言った。「万が一の事態に備えて、当方でも水口の情報を持っていたいと思います。資料をお貸しいただけると助かるのですが」

辻本に睨《にら》みつけられた。「ご覧のとおり、手狭なところですよ。処分保留になったヤマの資料を抱えていると思います？」

返す言葉がなかった。

しかし、あれだけの重大事案だったのだ。資料の原本や証拠品は検察側に送られているが、ほとんどは複写され、署に保管されているはずだ。それらを廃棄することなどありえない。

浅井を待ったが彼から言葉はなかった。

促されて席を立つ。

辻本が開いたドアを浅井から先に退出した。正面玄関から出て、早々に車に乗り込む。

エンジンをかけたとき、浅井が署を取り囲むように立っている車庫を指さした。

「あの二階のどっかに、しまいこんでるぜ」

車庫の上は事務所スペースになっていて、人の気配がある。マスコミ関係者が出入りするのは警察署の本体のみで、あそこまでは足を踏み入れない。おそらく、中にはマスコミには伏せられた県警本部の別動部隊が常駐しているだろう。その下の車庫には、二台の覆面パトカーが並んでいるだけで、パトカーや白バイもなかった。車庫を横目で見ながら、アクセルを踏み込んだ。綾瀬署には四時前に戻れるはずだ。

5

署の角の交差点の信号が赤になったので停止した。正面玄関前にいる何人かの記者の姿が目にとまった。女児行方不明の記事をスッパ抜いた記者もいる。この夏、地方から転勤してきた三十そこそこの野心満々の男だ。報道協定がかわされているとしても、現場は現場だという面をしている。

交差点を左折し、署の裏手に進入した。西日の当たる機動隊の大型バスの前で署の幹部たちが背中を丸めるように立ち話をしている。捜索状況の報告を聞いているのだろう。

車を停め、浅井とともにその輪に加わった。坂元が浅井に気づいて目配せしてきた。浅井が首を横に振ると、坂元も小さくうなずいた。

地域課長の望月が報告を行っていた。

第二機動隊隊長の長内《おさない》が、がっしりした体をバスにもたせかけ、それをはさむように坂元と助川が立っている。

「機動隊に綾瀬川をさらってもらってますが、報告はありません」望月が言う。「通学路についても、すべて捜索を終了しましたが、手がかりは見つかっていません」

「検問の結果は？」

坂元が訊《き》いた。制服の上には何も羽織っておらず、寒そうだ。

日没前とはいえ気温は五度近くまで下がっているはずだ。

「六カ所ほどで行いましたが、怪しい車両の情報は上がっておりません」

「空き家やマンションの屋上は？」

「通学路付近を中心に洗い出して調べましたが、不審な点や目撃情報は入ってきておりません。警察犬による捜索活動も終えましたが、手がかりは上がっていません」

革コートを着込んだ交通課長の高森も目撃情報なしと報告をする。

こちらもコートなしの助川がイラついた表情で、生活安全課長に目を向ける。「八木、そっちはどうだ？」

「はい、情報提供は本日午後三時現在で十八件寄せられていますが、所在につながる通報はありません」

八木はスーツ姿で寒さをこらえている様子だ。

「先生方は何か言っているか？」

「東綾瀬公園で未希ちゃんと一緒に遊んだことのある子どもたち全員に尋ねたそうですが、未希ちゃんとは学校で別れたきりだそうで、その後会った子はおりません」

「ほかは？」

「はあ、特には……」

カツカツと音がしたので、目を移すと、警備課長の岡部が駆けつけて来るのが見えた。やや息を弾ませながら、

「未希ちゃんらしい姿が映っている映像がひとつ出てきました」

と一同に声をかける。

長内がバスから身を離した。「どこです？」

「通学路近辺の店舗の防犯カメラほか、都営バスに設置されているドライブレコーダーを取得して確認致しましたが、そちらではなく」

いちいち経緯を説明するのが、じれったい。

スーツの上にコートを羽織っている。去年、本部の公安総務課から横滑りしてきた

エリートだ。長髪をていねいにとかしこみ、縁なしメガネの奥にある目が落ち着いた光を放っている。

「改めて映像を見直したところ、金曜日の午後二時二十三分、笠原工務店の東側二百メートル、東綾瀬公園近くのマンション、エミール綾瀬の防犯カメラにそれらしい人物が映っていました。ここになります」

その場で携えてきた地図を広げてみせた。

全員で覗《のぞ》き込む。

笠原工務店のある区画の北側にある中央通りを東に向かい、東綾瀬公園とぶつかった角から、ひとつ南側の、中央通りと平行する通りに建つマンションだ。

「エミール綾瀬の正面玄関についている防犯カメラに、未希ちゃんらしい人影が右から左手に向かって走っていくのが映っています」岡部が続ける。「東綾瀬公園から自宅に向かう方向になりまして、ごらんのように、左右はマンションとその駐車場が広く取られている区画になります。民家が二軒あるだけの人通りが少ない場所になっています」

「近辺で未希ちゃんを目撃した人はいるのか?」

助川が課長たちの顔を見回す。答えを有する課長はいなかった。

「マンションの住民は？」

あらためて助川が訊いた。浅井に気づいて、まじまじとその顔を見つめる。

「マンション前には広く駐車場がとられていて、この時間帯の目撃情報は出ていません」岡部が答える。「一軒の民家の道路側は高い垣根で覆《おお》われていて、見通しがききません。目撃者もいないようです」

坂元が黙っていられないとばかり、一歩前に出た。「未希ちゃんは東綾瀬公園から自宅に帰る途中だったの？」

「……そうではないかと思われます。ごらんのとおり、東綾瀬公園はエミール綾瀬の目と鼻の先になりますので。映っていたところを西に少し行けば、中央通りと交わる幹線道路に出て、都バスの綾瀬六丁目のバス停もありますし、南に折れた最初の交差点には、綾瀬郵便局があります。この付近の防犯カメラには必ずその姿が捉《とら》えられているはずですが、残念ながら映っているのはエミール綾瀬の防犯カメラのみです」

「となると、エミール綾瀬近辺で消息を断ったのか？」

助川が訊いた。

「その可能性が高いのではないかと思われますが」

岡部はそこまで言うと、署長の顔色を窺《うかが》った。

「ほかはどうなんだよ」

助川が四人の課長に声をかけたが、返事はなかった。

「再度、このあたりの捜索を徹底的に行ってください」坂元が地図から顔を上げて、強い調子で命じた。「防犯カメラの映像ももう一度、集めるように。それから、一課の大貫さんに至急知らせて」

「望月、呼んでこい」助川が命令し、浅井に歩み寄った。「柏署はどうだった?」

「はあ、成果はありませんでした」

「どうだったんです」

坂元が不安げに横から口を出す。

「手ぶらで帰ってきたのか?」

助川が叱《しか》りつけるように問い質《ただ》す。

「……申し訳ありません」浅井は頭を垂れた。「資料はもらえませんでした」

助川はこめかみをぶるっと震わせた。「すごすご帰って来たのか」

「ないものはないと押し切られて」

助川の勢いをさえぎるように、浅井は手のひらを前に向けながら口にした。

「信用したのか?」

「あれだけのヤマですよ。処分するはずがない」

浅井が応じる。

「話のひとつやふたつは聞けただろ？　本部の捜査一課は何と言ってるんだ？」

「柏署に訊けと言われただけでしたから」

浅井は腕を下げ顔を横に向けた。

坂元はまなじりを吊《つ》り上げた。「あれだけの重大事案にもかかわらず、千葉県警は捜査を継続していなかったんですか！」

「そのあたりの詳しい経緯はわかりません」浅井が言う。「千葉県警が水口の現住所をつかんでいなかったのはたしかです」

この五年のあいだにあきらめてしまったとしか考えられない。

坂元は取り巻いている幹部の顔をひとりずつ眺め渡しながら語った。「被害者の母親は事件発生直後、月刊誌に手記を発表し、来たるべき裁判では、被害者参加制度を利用して、犯人になぜそんな酷《ひど》いことをしたのかと問いかけることを熱望していた。でも、それはかなわず、二年後にはこの事件が元で離婚された。いまはスーパーマーケットでパートをしながら、残された弟さんを懸命に育てていると聞いています」

そこまで言うと浅井を振り返った。

「まあまあ、署長」助川がとりなす。

「まだ水口が犯人と決まったわけではないですから」

坂元は腰に手をやり助川を睨みつけた。「ではほかに被疑者がいますか？　変質者の中でそれらしい人間をピックアップできました？」

その剣幕に押され、助川が頭を掻《か》く。

坂元が続ける。「ご遺族の無念は誰が晴らすのですか？」

浅井はうつむいたまま、じっと両手を見ている。

笠原未希失踪《しっそう》を水口による犯行と断定する口ぶりに戸惑いを覚えた。

「千葉県警も警視庁もありません。われわれ警察は二度と同じ失敗はしてはならない」坂元は言った。「そのためには、たとえ他県警であっても情報提供に応じてもらうべきではないですか。浅井さん、あなたはどう思うの？」

浅井は肩で息をしながら坂元の方を向いた。「ガイ者の遺体の特徴をひとつだけ聞きました……歯です」そう言うと、自分の口を開き、上顎の歯を指した。「右側の側《そく》切歯《せっし》が抜かれていたと」

「犯人が抜いた、と？」

助川がまじまじと見入る。

「そう考えたと言っています。マスコミには発表していないということです」

「その歯は見つかっているのか？」

「いえ」

「何のために抜いたの？」

坂元が理解に苦しむという面持ちで訊いた。

「殺害の記念にではないかと柏署側は言っていますが、はっきりしていません」

浅井は聞きとってきたあらましを口にした。

「そのような話は当時、どこにも出ていなかったと記憶しています」

坂元は言った。

「でしょうな」助川が言う。「ほかにはないのか？」

「残念ながら……」

「見せたくないものがあるんじゃないのか」

八木が口をはさむ。

坂元が顔を横に向けた。振り向くと大貫の短軀《たんく》がそこにあった。

きっちりと厚手のブルゾンを着込んでいる。

「ちょっといいですか？」

そう言った大貫を坂元が見つめた。

何かを感じとったらしく「ここは寒いから中で」と坂元が先導してバスに乗り込んだ。そのあとについて、全員がバスに収まった。

柴崎も、向かって右手の三列目、坂元の後席に着く。浅井はその横、ほかの課長たちは浅井の後部に着いた。最後に入ってきた大貫が運転席の横で車内を見渡し、口を開いた。「水口の所在がわかりません」

水口が消えた？

「いつからだ？」

四列目にいる長内が腰を浮かせた。

「ですから、まだ一度もやつの姿を確認出来ていないんですって」

「働きに出ているんじゃないの？」

坂元が前の座席に手をかけ、大貫に詰め寄るように訊いた。

「いえ、土日は休みのはずです」

「しかしどうして、うちの管内の都営アパートになんか入ったんだ？」

迷惑千万といった様子で柴崎の横にいる助川が訊く。

「やつの支援者は依然として残っています」立ったまま大貫は続ける。「ハローワークに通った形跡はなく、住まいにも仕事にも支援者の口添えがあったと思われます」

「五年前のヤマで釈放に関わった連中か」助川が言う。「どんなのがいるんだ？」

「人権派弁護士を中心に、水口が働いていたカー用品店の店長や従業員、マスコミ関係者、一般学生といった連中が支援についていたはずです」

「逮捕直後、すぐに支援の輪が広がったのか？」

「そう聞いていますよ」

どうなんだという顔で助川が浅井の横顔を睨みつけた。

浅井はふたたび、柏署で聞かされたくだりを話した。

「ちょっとした、えん罪騒動が持ち上がっていたわけね」落胆を隠せない表情で坂元がつぶやく。「大貫係長、そのあたりはどうなの？　千葉県警の捜査に落ち度はなかったのかしら」

大貫は不快そうに口をゆがめた。

「いまさらそんな昔話を蒸し返しても、しょうがないですよ」助川がしかめっ面で言う。「それにしても、水口はやけに早く雲隠れしたな」

「心当たりがあります」大貫が助川に向き直る。「いま水口が勤務している竹の塚の共和運送の社長の太田《おおた》垣育男《がきいくお》です。柏出身で、カー用品店長の高校の同級生でもあり、当時から資金を提供したりしていて、支援者の一員だったんですよ」

「そいつにそそのかされて逃げたのか？」

「か、どうかはわからないですが……」

「昨日はどうなんだ？　いたのか、いなかったのか？」

「午前八時ごろ、出社したのは間違いありません。そのあと、配送物を積んで出てからの動きがわかりません」

「会社はどう言っているんだ？」

「気づかれるといけないので直当《じかあ》たりはしていません」大貫が言う。「配送が終わって、そのまま会社のクルマで帰った可能性があります。白の軽ワゴン車です」

大貫は車種名を口にした。

「目撃者はいるのか？」

「近所の住民がこれまでも何度かアパート近くのコインパーキングに彼がクルマを停めているのを見ています。会社のクルマと同一車種です」

「社有車を私用で使っているのか？」

「それが許されているようです」

「繰り返すが、アパートに帰っていないんだな？」

「はい。アパートにはおりません」大貫が声のトーンを低める。「コインパーキングにクルマはないので、社有車に乗ってどこかに出かけているはずです。そちらの方では何か出ていますか？」

「大貫さん、まだ関係者には水口の名前は出していませんけど、どうしますか？」坂元が訊いた。「思い切って出してみましょうか？」

「いえ、いましばらくお待ちください」

「わかりました。いつでも言ってください。すぐ応援要員を出しますから」

「助かります」大貫は坂元の方を向いた。「わたくしどもの聞き込みによると、この一年以内に東綾瀬公園で水口が幼女に声がけしているのを目撃した人間がいます」

柴崎は耳を疑った。あの水口が、よりによって東綾瀬公園で子どもに接触を図っていた？

「ほんとうですか？」

あわてて坂元が言った。

「こちらです」

大貫は通路を歩き、証言した二名の名前と住所、年齢を記したメモを坂元に見せた。

柴崎らも覗き込む。

毎日犬を散歩に連れてくる七十一歳の老人と三十八歳のジョギングをしていた女性だという。目撃地点と日付の説明を受けながらも、みるみる坂元の顔が強《こわ》ばっていく。これは水口による犯行の有力な傍証になると思わざるを得なかった。

助川が早く伝えろよと言わんばかりに、首をめぐらし課長たちの顔を見やった。言葉を発する者はいない。

「やつのアパート周辺はどうだ」助川が突破口を開くように訊いた。「変わった様子はないか？」

「覗いた限りでは異常なしですね。ただし、踏み込んではいないから」

「近所の連中は？」

「これといった話は聞いていません」大貫が座席に身をもたせかけた姿勢で言う。「ただ、水口が住んでいる棟は若い家族が多くて。子どもの手を引いて歩いていてもまったく目立たないですから」

すでに笠原未希を連れ込んでいるかのような口ぶりだ。

「昨日はレンタカーを借りるなどしましたか？」

柴崎が口を出した。

「確認中ですが、さきほど言ったように、やつが勤務している共和運送の車を乗り回していう可能性はあります」大貫は続ける。「とにかく、水口の捜索に全力でかかっています」

「わかりました。一刻も早く水口を見つけなければいけない」坂元は席を立ち、議論を打ち切るように言った。「こちらも全面的に協力させていただきますから」

助川は反論しなかった。

「署長のお気持ちはありがたいのですが、あちらに警察の動きを察知されてはまずい。いまのところは我々だけで十分です」

「他人事《ひとごと》のように言われては困ります」坂元のこめかみに青い癇癪《かんしやく》筋が浮いている。「第二第三の犯行が起きたらどうするのですか。来週からは集団登下校がはじまるし、親御さんたちもナーバスになっているのですよ」

「当然でしょう」

坂元の頬が赤く染まってゆく。どうやってこの場を収めればいいだろう。

「わかりました」坂元は怒りを押し殺すように口を開いた。「意思の疎通《そつう》が欠けてはまとまる話もまとまらなくなります。一課にはうちと共捜（共同捜査本部）を立てるお気持ちはないのですか？」

そうすべきだと柴崎も思った。

「くれぐれも保秘でとお願いしたはずです」

その一言だけが大貫の答えだった。

眉《まゆ》のあたりに怒りを漂わせながら坂元は、「今回はもっと積極的に打って出てもいいんじゃありませんか？　一刻も早く未希ちゃんを見つけて捜査を完了しないと」

「心得ております」

坂元は両腕を座席にあてがい、助けを求めるような視線を助川に送った。

「間違っても千葉県警の二の舞を踏むなよ」助川がそれに応じるように言った。「第二の事件が起きたらおまえらのせいだからな」

大貫はまったく意に介していないように軽く頭を下げてバスを降りていった。

気まずい沈黙が残った。

「動きましょう」

踏ん切りをつけるように言うと、坂元もバスから降りていった。

長内がそれに続き、浅井、助川の順でバスをあとにする。

水口が幼女に声がけしていたという東綾瀬公園が気にかかる。そちらでも、機動隊員をはじめとして多くの署員たちが捜索活動についているはずだ。

あわててバスを降り、助川にことわりを入れて、車に戻った。

6

公園西側の小橋にふたりの人影が見えた。防寒コートを着た坊主頭《ぼうずあたま》がせせらぎを覗《のぞ》き込んでいる。柴崎が声をかけると、中道係長が欄干《らんかん》から身を起こした。

「こんなところにはまり込んでるとは思えないけどね」

中道は、膝《ひざ》までつかりながら黙々と川底をすくっている署員たちを見下ろした。午後四時半を回って日が暮れかかり、公園全体が薄紫色に染まっている。野球場のナイター照明が灯《とも》り、軟式野球の練習がはじまっていた。

「予断は禁物ですよ」

柴崎は言ったが、説得力は帯びていなかった。

東綾瀬公園は野球場をはじめ、通年営業の温水プールまで有している。南北に長々と伸びる園内すべてを検索するには時間と人手がかかるのだ。

「あの様子じゃ進展はなさそうだね」

中道が諦《あきら》めた様子で言った。

となりで川面《かわも》を見ている大柄な男が柴崎を見た。厚手のジャージとスラックスという出《い》で立《た》ち。綾瀬小学校の田島《たじま》校長ですと紹介された。五十すぎぐらいだろう。肩のあたりが盛り上がっていて、体育教師のような印象を受ける。

「同学年の子どもたちや親たちにも聞いているんですけど、さっぱり上がってこないんですよ」田島が右手を指して言う。公園の南側だ。「この下手《しもて》の流れがゆるやかになるあたりで、子どもたちは水をせき止めて池を作ったり、葉っぱをこすってお茶を作る遊びをしたりしてるんですけどね」

笠原家に近いエリアだ。

「この時期にですか？」

田島は首を横にふる。「いまは落ち葉を舟に見立てて遊ぶのが流行《はや》っているらしいんです。昨日の放課後は、公園全体で七、八人遊んでいたようなんですけど、未希ちゃんらしき子どもを見た子はいなくて」

「未希ちゃんはふだん、どんなところで遊んでいたんですか？」

田島は目をそらし、肩をすくめた。

「はっきりとはわからないんです。公園全般を歩き回っていたようですけど」

「広いですよね」

東綾瀬公園は全長二キロの長さがあり、公園北側には、スポーツ施設が集中している。

　柴崎は東側を向いた。マンションや戸建て住宅をはさんでサービスセンターや温水プールがあるあたりだ。

「あのあたりまで行ったとすると駐車場が近いから、声をかけられてクルマの中に連れ込まれたりする危険はありますよね。特にこの時間帯以降は」

　中道が同じほうを向いて言う。

「未希ちゃん、早生まれで身長は百二十センチにようやく届いたばかりですから」田島が言った。「体重も二十キロを少し超えたばかりで、小柄ですからね。それにしても、あちこち動けば目撃者は必ず出てくるはずなんですよ」

　温水プールは夜の八時半まで開いている。野球場とテニスコートにもナイター設備がある。冬場とはいえ散歩する住民や車を使って訪れる利用者は多いのだ。

　捜索活動の主力は、現在、そうした人々への聞き込みに注がれている。

「お母さんは教育熱心な方で、ＰＴＡ活動にもすすんで参加されていたと伺っていますけど」

　中道が言った。

「そうですね」田島が答える。「親しくしているお母さん方とテーマパークや買い物なんかに、子ども連れで出かけていたみたいですよ」

経済的にめぐまれているから働く必要がないのだろう。

「お父さんもですか？」

「いえ。お母さん方だけで」田島が続ける。「どこのご家庭も、お仕事で忙しいですからね。そういえば、お父さんさっき、そこのじゃぶじゃぶ池にいましたよ」

田島はせせらぎの先を指した。

大きく右に曲がり込むあたりだ。厚手のダウンコートを着た老女が署員を見守っている。

「外に出て捜していたほうがまだ気が休まるんでしょうね」中道が言う。

「そう思います」と田島が答え、柴崎に訊いた。「不審者情報はありますか？」

「そっちは当たっていますからご安心ください」中道が代わりに答える。

署で把握している地元の不審者については手分けして直当たりしている最中だ。

「お兄ちゃんの様子は？」

田島が声を低める。

「いま、自宅にいるんですよね？」

中道に訊かれる。

「そのはずですけど、何か？」

互いに譲るように顔を見合わせてから、中道が口を開いた。

「お兄ちゃん……将太くんですけど、妹さんと違って体格がいいでしょ。女の子に興味あるらしくて、女の子のスカートめくりをしたり、胸を触ったりしてたそうです」

そこまで言うと、中道は田島を窺った。

田島は否定せず黙り込んだ。

しかし、それが失踪事件と関係しているようには思えない。

中道は柴崎の耳元に囁《ささや》く。「うちの課の連中、神戸の生田《いくた》事件と似てるなんて言ってますよ」

「あれか……」

十年前の一月中旬、神戸市中央区の生田町で理容院を経営している夫婦の長女の島《しま》津《づ》真《ま》弓《ゆみ》七歳が下校中に行方不明になり、二週間後に絞殺《こうさつ》体で見つかった事件だ。誘拐と思われたものの、犯人側からの接触はなく、遺体や遺棄現場から遺留物はほとんど発見されず、犯人はいまだに捕まっていない。

事件の四年前にも同様の事件があり、大阪で犯人と思われる男が逮捕されていた。その男は釈放されたが生田事件との関係が疑われて、警察庁広域指定事件になったのだ。けっきょく、二件とも迷宮入りになっているが。

「浅井課長、水口の件で柏署に行ったんですって？」

署内ではもうそれなりに伝わっているのだろう。

「ええ、まあ」

「やっぱり、水口が関わっているのでしょうか？」

これ以上いてもよけいな話を聞かれるだけだと思い、早々にその場をあとにした。

帰宅したときには午後十時を回っていた。丸二日間ほとんど眠っておらず、あやうく乗り過ごすところだった。夕方にうどんをすすったので、それほど空腹ではない。食卓には珍しいしじみの佃煮《つくだに》やするめの糀漬《こうじづ》けがのっていた。

「お父さんが送ってくれたの」妻の雪乃《ゆきの》が言った。「山陰に旅行に行ってるの。明日は松葉ガニが届くわよ」

「おれの分もちゃんと残しておいてくれよ」

「わかんないわよ。克己《かつみ》の大好物だし」

長男の克己はカニに目がない。食卓にのったら最後、小さい爪《つめ》のすみずみまでほじってきれいに平らげてしまう。

「半分ぐらい隠しておいてくれよ」

「できたらね。でも、隠すところないしなあ」

収納場所を考えはじめた雪乃を横目に、手酌で熱燗《あつかん》を飲みはじめる。

「明日も出勤になりそう?」

「そうだな」

「女の子、見つかりそうなの?」

「いや、手がかりもない」

水口の名前を出しかけて、あわてて呑《の》み込んだ。

「新聞に載ったみたいね」

「よく知ってるな」

自宅で取っている新聞には掲載されていなかった。

「彩子《あやこ》さんから電話があったの。お宅のご主人、きっとまた、こき使われてるわよって」

中西《なかにし》彩子は警官時代の雪乃の同期で、蔵前《くらまえ》署の地域課に勤務するベテランの巡査部長だ。この春にも警部補の試験を受けるらしい。

「大げさなこと言うなよ。聞き込みに歩くわけでもないし」

「親御さんたち、居ても立ってもいられないでしょうね」

しんみりした口調で雪乃は言った。

「それはもう」

自分たちの身に置き換えると、いたたまれなくなる。

「事故じゃないんでしょ？　あんな小さな子が突然いなくなるなんて、事件以外に考えられない」

「ああ。だんだんそう思えてきた」

また口を滑らせそうになった。

「あ、お帰り」

風呂《ふろ》上がりの克己がタオルで頭を拭《ふ》きながら横を通り抜ける。去年の秋口からよく食べるようになり、体がひと回り大きくなった。

「おーい、明日、カニを残しておいてくれよー」

「早く帰ってくればいいじゃん」

と言いながら、ささっと自室に入っていく。

風邪をひいたと聞いていたが治ったようだ。

「あなたは机に座ってじっとしていられるタイプじゃないし」

「人を刑事みたいに言うなよ」

「令司くんは事務屋兼任捜査員だなって、お父さん言ってるわよ」

「軽いな。せめて兼任監査役ぐらいはどうだ」

「それを言うなら、兼任監察官ね」

「おれは鬼じゃないよ」

言いながら、口に残ったするめを酒で流し込む。

「あなたの地道な努力をきちんと見てくれる人がいたらいいんだけど」

一引き二引き、三努力。警察社会の合い言葉はいまの自分にも通じる。ふさわしいポジションに引き上げてくれる後ろ盾を持っていることが出世の大前提だ。警務畑でいくら功績を積んだとしても、引きがなければ一生、うだつが上がらないまま終わる。これまでは義父の山路《やまじ》がその役を担《にな》ってくれていたが、退職して年数が経《た》ち、さすがにもう影響力は及ばない。

おととしの夏まで籍を置いていた本部総務部には親しくなりかけた上司もいた。大過なくこつこつと仕事をしていれば、上層部とのつながりは厚くなり、功績を挙げなくても管理部門の階段を上っていけたはずだ。しかし、罠《わな》にはめられ、半年ともたずに綾瀬署に左遷《させん》された。以来二年近く、見放されたような孤独を味わってきた。

そんな疎外感《そがいかん》が伝わったのか、三カ月前、かつての上司だった人事第一課管理官の今枝聡《いまえださとし》から昼食に誘われた。探り合うような話の末、総務部広報課広聴係の係長ポストが空きそうだとの内々の打診があった。本部復帰は願ってもない話だったが、同じ総務部の筆頭課である企画課にいた人間にとって、広報課はずっと二番手の存在に感じられていた。加えて綾瀬署にはそれなりの充実した日々があり、異動の提案を両手《もろて》を上げて歓迎する気分にはなれなかった。いま思えば、大魚を逃したような気がしないでもない。

坂元署長の顔がよぎる。彼女なら人事第一課に顔が利《き》くかもしれない。そうでなくても、自分よりもはるかに多くの有力者とつながりがあるはずである。いや、それにしても、と現実に引き戻された。

日曜出勤になる明日も、待っているのはいたいけな少女の行方不明事案だ。その解決に向けて内勤の自分ができることは限られている。捜査一課ばりの派手なパフォーマンスなど無縁だし、できるのはせいぜい子どもの身を案じて苦悩する親の世話くらいだ。署長から目をかけてもらえるような状況ではない。

雪乃の口から大型家電量販店の名前が出て、約束を思い出した。

冷蔵庫の調子が悪いので買い換えたい。それにつきあってくれと。自分の守備範囲はせいぜいこの程度なのだ。漠然とした不安感にさいなまれているのは、疲れのせいだろうか。

残りの酒を飲み干すと酔いが一気に回ってきた。気づかないうちに、水口の名前を口にしていた。

「やっぱり、今回もその水口ってやつの犯行なの？」

「まだわからんよ」

「誘拐の線はないんでしょ？　だったら、その男による犯行と見てもいいんじゃないかな」

「どうしてそう言い切れる？」

「ほかにいる？」

柴崎は返事ができなかった。

「あれだけのことをして、のうのうと暮らしているなんて許せない」

雪乃の目が吊り上がったので、お茶漬けをかきこみ、急いで風呂に入った。

湯船につかって三分もするとつい、意識が遠くなり、うたた寝をしてしまった。

ふと帰り際《ぎわ》、署長の坂元から言われたことが頭に浮かんだ。「どうしてもわたし、水口の顔を拝んでみたい」

好奇心からとも思えず、考えてみますと応じていた。捜査一課の大貫が許可するはずがなく、刑事課長の浅井に頼むこともできない。お鉢が自分に回ってきたのは、ある意味、自然かもしれなかった。

7

二日後。

厚手のパーカにジーンズ。足もとは履き古したスエードの靴。身長は百六十五センチ程度でほっそりしている。男が手にしている買い物かごの中には、たったいま弁当コーナーで手に取ったいなり寿司《ずし》のパックとポテトチップスの大袋が収まっている。髪は長く額と耳を隠しているが、不潔そうではない。やや面長で鼻筋が通り、中くらいの大きさの目は両端が少し垂れており、その顔を穏やかなものに見せている。あの顔で声をかけられても、警戒する者は少ないだろう。それが子どもであったとしても。しかし、過去幾度となく己の欲望のおもむくままに女児に接近している。あるいはじっさいに殺したかもしれないのが、この水口文彦という男だ。

夕方のスーパー店内は、買い物客で混んでいた。

常陸牛《ひたちぎゅう》のコーナーで肉の試食をしてから、水口は雑誌コーナーに足を向けた。陳列棚のあいだの通路からその様子を窺っていた柴崎は、坂元を促して、やや離れた調味料のコーナーに移動した。ここからでも、横顔がはっきりと見える。視線を注ぎすぎると、気取られる恐れがある。捜査一課の捜査員も店内のどこかにいるはずだが確認できない。

坂元がコーナーエンドを回って出入り口方向に足を向けた。きっちり閉めたベージュのダウンコートの下は制服だ。自動扉の横で空の買い物かごを戻して店を出る。そのあとについて、駐車場に停めてあるセダンに乗り込み、クルマを発進させる。

「一課に気づかれたかしら」

後部座席で坂元が言った。

「かもしれませんね」

いまごろ、アパートの南側にある一課の張り込み拠点に連絡が入っているかもしれない。いくつか交差点を通過して、東綾瀬公園にかかる歩道橋の下を通りすぎる。署までは三、四分だ。

水口が帰宅したという知らせが大貫からもたらされたのは昼すぎだった。大貫によれば、水口は早朝の六時ごろ会社のクルマで帰宅した。近所のコインパーキングを調べた結果、勤務している会社の軽ワゴン車が確認できたので、社有車を使っていたのがわかったという。

坂元に催促されたため、柴崎はたびたび大貫に電話を入れて水口の動静を確認した。彼が勤務を終えて、軽ワゴン車で帰宅したのが、午後五時十五分。それをうけて署を出たのは、午後五時三十分。坂元とふたりで水口が住んでいる都営アパートの北側路地にクルマを停めて待機した。八階建てで全戸数は百十戸ほど。西側が玄関になっていて、二階の北から三つ目が水口の部屋だ。

二十分ほど待っていると、玄関扉が開いて彼が姿を現した。背中を丸めるように階段を下りてゆく。どことなく疲れた様子に見えた。しばらくして自転車に乗った水口が目の前の道路を横切った。

たっぷり距離をおいてあとをつけ、スーパーに入るのを見届けた。アパートから西に三百メートルほどのところにあるチェーン店だ。

「今度もあいつの仕業だとしたら……未希ちゃんをどうしているんだろう」

胸元で腕を組み、坂元は疑問を口にした。

「家宅捜索をやれば一発だと思いますが」

バックミラーに映る坂元の目が光った。「そうよね。一刻も早くやってもらわないと」

警察官というより、一女性として嫌悪感《けんおかん》を抱いているようだ。

「アパートに子どもが多いと言っても、やっぱり、独身らしき男が子どもの手を引いて歩いていれば、不審に思う住民がいるはずですし」

「クルマで連れ回せば人目に触れない、か」

「薄暮《はくぼ》に紛れれば、多少強引なことをしてもわかりませんね？」

そうでなくても、あの手の男は、巧みに言葉をかけ子どもを安心させる術《すべ》に長じているはずだ。

「それにしても、丸三日間、どこで何をしていたのかな？」

「……わかりません」

ふと土曜の夜晩酌をしていたときの想《おも》いがよぎったが、こんな状況下で自分の身の振り方など相談できるはずもなく、まずは大過なく要望に添えたことを良しとするべきだろう。

「二係は到着したのかしら……」

疑い深そうに坂元は言った。

「どうでしょう」

二階の小会議室は署員の入室が禁じられたままで、現在の捜査員数すらわからない。坂元は応援要請が入ればすぐさま応じる構えでいるのに、万事秘密主義で要請もないのだ。

「特本を置くなら置くで、さっさとやってくれないと困ります」

「そうですね。どっちつかずではうちの負担が重くなるばかりですから」

刑事部長指揮の特別捜査本部が開設されれば、よその署からも応援が入り捜索は本格化するはずだ。早期解決には一番の近道のはずで、捜査一課の及び腰は見方によれば人命を軽視しているようにも取れる。ともあれ、いま柴崎が口にした愚痴を坂元がどう受け取ったかが気にかかった。自分の仕事が増えて困ると思われなかっただろうか。

「特本も共捜もだめって言うなら、広域指定にしてもらうしかないな」

冗談とも本気ともつかない顔で坂元は言った。

ふつうの署長なら自分の功績になる共同捜査本部を立ち上げてもらうように運動するだろう。しかし、キャリアの坂元にとっては、あまり意味がないはずで、他意は感じられなかった。経歴に汚点が残るのを恐れているようにも見えない。

「第二第三の犯行を未然に防ぐのが我々の責務です」坂元が改まった口調で言った。

「最悪の事態を想定しておかなければなりません」

機動隊はまだ待機したままだ。寮員招集をかけたものの、一部はまだ捜索に携わっていない。実に中途半端《はんぱ》な状況だ。

「それに越したことはないと思います」

丸三日が過ぎても脅迫めいた連絡は入ってこない。笠原未希は何らかの事件か事故に巻き込まれていると見るべきで、それに水口が関わっている可能性は依然大きい。

署に着いた。コートを脱ぎながら正面玄関から入っていく後ろ姿を目で追いながら、クルマをターンさせる。

笠原工務店までは五分とかからなかった。社の前の駐車場にクルマを置き、高野のスマホにワンコール入れて正面玄関から入った。すでに六時を回っているが、五、六名の従業員が席についていた。吉川と堀田も残っている。

入ってきた柴崎にみなが視線を送ってきたが、誰も応対には出なかった。訪れるのは二度目だから、顔は覚えられているようだ。

「誰か、エブリイのキー知らねえ？」若い男性従業員が壁のキーボックスの前で口にした。

「ポケットにでも入ってるんだろ。よく探せ」隅の席に座っている角谷が怒鳴り声を上げた。

男性従業員は肩をすくめるように、「設計図を見せに行かなきゃいけないんですよ。おかしいなぁ、一台あるはずなのに」と小声で応じた。

夜間にしか在宅していない客の家に行くのだろう。

「てめえのクルマで行きゃいいじゃねぇか」

乱暴な口調で言われて男性従業員はすごすごと自席に戻った。

ほかの従業員たちもふたりのやりとりを緊張した面持ちで見守っている。

工務課長の角谷道弘《みちひろ》は、もう三階には出向かないですんでいるようだ。

住宅につながるドアから高野が出てきて、柴崎がいる打ち合わせスペースまでやって来た。

「ご両親の様子はどうだ？」柴崎は訊《き》いた。

「いましがた、お父さんが外に出たら、記者が待ち構えていて路上で言い合いになりまして」高野が表を指さす。

「どこの記者だった？」

高野は事件をすっぱ抜いた例の記者の名前を口にした。

「やりあったんだな？」

「はい。おまえが動き回ったせいで、誘拐犯が未希を殺したらどうする気だって怒って」高野は声を低める。「走って逃げてゆきましたけどね。すごい剣幕でしたから」

「報道協定もくそもないな。おれのほうから記者クラブに釘《くぎ》を刺しておくから、親父《おやじ》さんにそう伝えてくれ」

高野に促されて外に出た。風が吹いていてかなり寒い。首都高速の高架から、絶え間なくクルマの走行音がしている。

「どうした？」

柴崎はコートの襟を立てながら訊いた。

「ご夫妻、大丈夫かなあって」

「おいおい、旦那《だんな》は一生懸命奥さんを慰めていたぞ」

「そうですよね」

「角谷さんってどういう人だ？」

「あの人は別格です。みんな腫《は》れ物に触るみたいに対応しているし、わたしも訊きづらくて」

たったいま、そうした雰囲気は見て取れたが。

「先代が生きていたころからの従業員なんだそうです」高野は続ける。「一度、工務店は潰《つぶ》れかかって、従業員のほとんどを解雇した時期があったそうですけど、あの人だけは生き残ったようなんです。あちこちから仕事を取ってきて、どうにか盛り返して、それがいまの得意先につながっているとか。そのあとですっかりやる気を失っちゃったみたいで、ろくに仕事をしないわりに一番の高給取りだそうです。勤務時間中もパチンコに行ったり、好き放題しているらしいんですけどね」

「社長なら、そんなやつはクビにできるだろ?」

「さあ、どうでしょう」高野は頭をかいた。「社長さんに訊いてもはぐらかされてしまって」

「智司さんはそこそこのやり手だろ。加平の住宅展示場にも、大手に交じって地元の工務店でただ一社、入っているみたいだし」

「そうですね。事件当日に発表会があった建売住宅ですけど、これまで手がけた中で最大規模だったようで、工務店の持てる力を総動員して、設計から施工まで完璧《かんぺき》に仕上げたそうなんですよ」

「へえ」

「これを機会に増資して従業員も増やすし、都のケイシンの等級も上げて、公共事業も直接取りに行くと張り切っていらっしゃったようです」

「ケイシン？」

「都の経営事項審査です。等級に応じて、入札できる事業が決まるんですよ。最低でも保育園は取ろうというのが年頭の挨拶《あいさつ》だったみたいです」

高野の彼が建設業界に身を置いているので、くわしいようだ。

いずれにしろ、今回の建売住宅は、飛躍のためのまたとないチャンスだったろう。

高野は顔の片方をゆがめ、声を潜めた。「取引業者の話ですけど、けっこう強引に仕事を取ってくるらしくて。利益の見込めそうな物件になると、恥も外聞もなく飛びつくそうです」

「まあ、工務店の社長なんて似たり寄ったりだ。押しが強くなきゃ務まらんよ。智司さんはいま自宅にいるのか？」

「いえ、娘を捜しに行くってクルマで出かけました。まだ公開捜査にしないいんですか？」

「ああ」

「みんな疲れがたまっているみたいだし……ところで、水口はどうですか？」

「自宅にいるよ」

水口の件はすでに綾瀬署内では知れ渡っていた。

「仕事には出たんですか？」

「出た……おい、まだやつが事件に関わっているかどうかはわからないんだぞ」そこまでしか柴崎には言えなかった。「特殊班の様子はどうだ？」

「被害者対応専門の女性刑事の方もいるし、みなさん慣れたものです。わたしはほかのことができますから助かります」

「ほかって何をする？」

「従業員のアリバイの確認とか」

「家族のサポートだけじゃないのか？」

「うちの課長から、できることはしておけと言われて」

どの範囲まで対応させるつもりなのだろう。

「なかなかしんどい状況だな」

「ですね。けっこうやることが多くて」

「くれぐれも慎重に頼む」

「わかってます」

そう言ったものの、どこから手をつけてよいのか、困惑している様子だ。

「将太くんはどうだ？」

「相変わらず、会わせてくれないんです」

「どういうこと？」

高野は工務店をふりかえりながら、軽いため息をついた。

「ご両親のガードがほんとうにきついんです。ごはんも子ども部屋に持っていくし、リビングに顔を見せないんですよ」

「心配だな」

「はい。でも一度、杉村さんが将太くんから直に話を聞いていますから、捜査に支障は出ていないと思うんですが」

「それならいいか」

高野とともに三階に上がる。特殊班の捜査員と母親の佳子に会って元気づけてから工務店をあとにした。

8

署長室の鍵《かぎ》は内側からロックされており、話し声だけが洩《も》れている。しばらく自席で待っていると、顔を強《こわ》ばらせた捜査一課の大貫が出てきた。挨拶《あいさつ》もしないで目の前を通りすぎ、二階に通じる階段を上っていった。

水口の様子を見に行ったのを咎《とが》めだてに来たのだろうか。

おそるおそる覗《のぞ》くと助川と目が合った。

室内に入ると、ドアを閉めるように指示された。坂元は柴崎に視線を送らないので、自分が抱いていた危惧《きぐ》とは別問題が持ち上がっているようだった。

「……どうして一課は動かないのかしら」

坂元が降参とばかりに両手を上げる。

助川に目で示され、ふたりの前に腰を落ち着ける。

一枚のカラー写真を示された。紺色のスポーツバッグが写っている。防水仕様らしく、てらてらと光っている。バッグは畳の上に置かれ、サイズがわかるように週刊誌とともに写されている。

「水口のアパートのゴミ置き場に捨てられていたんだ」助川は言った。「中から子どもの頭髪が見つかった」

「頭髪……」

悪い予感がかすめる。

「DNA鑑定の結果、未希ちゃんのものと一致した」

まじまじと写真に見入った。

汚れはほとんどない。使い込まれた形跡もなかった。週刊誌の大きさの三倍ほどの幅がある。高さも六十センチ以上ありそうだ。この中に未希ちゃんが入れられていた？

都営アパートに水口以外に不審な男はいない。金曜日午後以降のアリバイが確認できない素行不良者の報告も上がってきていない。東綾瀬公園で水口は女児に声をかけてもいる。鑑定結果が正しいとすれば、水口が笠原未希の失踪《しっそう》に関わっている決定的な証拠になるではないか。

「ゴミ置き場というと……」柴崎は言った。

夕方見てきた都営アパートのまわりの光景が浮かんだ。

アパートは都道に沿って南北に建っていて、西側に駐輪場がある。その横がゴミ置き場になっていた。アパートの北側にも区の広報看板が立てられて、カラスよけの青いネットが道路際《ぎわ》に出ていた。そちらにもゴミが入っていたと思うのだが確たる記憶はない。

柴崎がそれについて言及すると、坂元は即座に「アパートの西側のゴミ置き場です」と返した。

「弘道地区のゴミ収集日は燃やすゴミが月水金だったはずですが」柴崎は言った。

「ええ、燃やさないゴミは第一、第三火曜日です」

「このバッグはでかいから、粗大ゴミに分類されますね」柴崎は言った。「回収は随時ですが、あらかじめ予約を入れる必要があったと思いますが?」

「区のセンターに訊《き》いた。予約は入っていないそうだ」助川が答える。「いちいち、面倒な手続を踏むタマじゃないぞ」

「でしょうね。これはいつ持ち帰ってきたのですか?」

「今朝の八時半。捜査員が徒歩で巡回していて気づいたそうです」坂元が言った。

「水口が捨てるところは現認していないようですが」

ゴミ置き場は棟の西側にある。張り込み拠点は南側だから仕方ないだろう。

「捜索令状を取ったうえでバッグを持ち帰ってきたわけですよね?」

柴崎は訊いた。

「だろうな」

助川が顔をこわばらせズボンを擦《こす》りながら答える。

「鑑定が出たのがずいぶん早いですね」

柴崎は言った。

ＤＮＡ鑑定は最速でも十時間ほどかかるらしいが、最優先でやらせたのだろう。管理事務所の者などを同伴したうえで拾い上げたに違いない。神経質にならざるを得ない事案だ。令状なしで押収《おうしゅう》した場合、公判での証拠能力はゼロに近くなる。

水口のものとはまだ断定できないものの、今回の失踪事件についても彼がからんでいると思わずにはいられなかった。

「バッグから未希ちゃんを運んだときの痕跡《こんせき》や水口の指紋は出ましたか？」

柴崎は訊いた。

「出たら出たって言うだろ」

助川がぶすっと言う。

「でも、水口が住んでいるアパートに他に怪しい人物はいませんから」坂元が言った。

「ええ」助川は言う。「十中八九、やつのものですよ」

水口が居住する棟のゴミ置き場で未希ちゃんの頭髪が入ったバッグが見つかった以上、彼女の行方について何らかの関わりがあるとみていい。一課はそれを裏付けるべく、捜査を推進するに違いない。

改めて前に座るふたりを見た。「一課は水口による犯行だとほぼ断定したわけですね」

助川は渋い顔でうなずいた。坂元も同様に険しい表情だ。

発売元や販売店からたどるなどして水口とバッグが結びつけば動かぬ物証になるはずだ。同じ棟の住民も調べるだろうが、いまのところ、他には未希ちゃん連れ去り容疑につながるような者はいない。

一課が動かないと坂元が言っていた意味がわかった。一課にまだ水口を引致《いんち》する気配がないのだ。しかし、重大な証拠が見つかった以上、任意で呼び出して徹底的に叩《たた》いてもいいのではないか……捜査の素人《しろうと》でもそう考えるのだが、一課の考えは異なるのだろうか。

バッグから水口の指紋が出ていれば逮捕に直結させただろうが、それがないので二の足を踏んでいるのかもしれない。

この際、水口の事情聴取は避けて通れまい。人命がかかっているのだ。見切り発車も許されてしかるべきだ。いったい捜査一課はどう考えているのか。

9

一月十四日火曜日。

浅井から連絡が入り、署の幹部とともに捜査一課八係に与えられた二階の小会議室に出向いた。当直態勢に入るぎりぎりの夕刻五時二十分だった。ドアの前に立っていた浅井に促されて、坂元から順に入室する。

テーブルがふたつ並んでいる。窓際に座っていた三人のスーツ姿の捜査員が立ち上がり、坂元に会釈《えしやく》した。大貫が坂元に左手の席に座るようにすすめた。

坂元と助川が並んで席に着き、柴崎はドアに近い席に腰を落ち着けた。

壁に刑事たちのコートがかけられている。床にビジネスバッグが三つ。テーブルの上にノートパソコンが二台置かれ、ラックが壁際に設置されていた。ラックの上にはプリンターが載せられ、その下に青いチューブファイルが三つ収まっている。

窓際から斜めに置かれたホワイトボードに、縮尺の違う二枚の地図が貼《は》り出されていた。ひとつは足立区全体の詳細な住宅地図。もうひとつは、東京都東部と千葉県や埼玉県を含めた北関東の広域地図だ。両方とも、何カ所かに赤いペンで印が書き込まれていた。

「笠原未希が行方不明になったのは金曜日の午後二時三十分前後、笠原工務店の東にあるエミール綾瀬前を通りかかった直後だと思われます」大貫が坂元に告げた。「それについてはよろしいですね？」

坂元が硬い表情で、「はい」と答える。

その後、付近の防犯カメラについて改めて調べたが、事件当日、笠原未希が映っている映像はほかに見つかっていない。

大貫はホワイトボードの前に立ち、足立区の地図にある印をボールペンで指した。

「エミール綾瀬周辺の敷地は、ほとんど駐車場になっていて、ウィークデイのこの時間帯は、クルマが出払っている。二軒の民家から目撃情報はないし、公園側に戻れば、人の目は一段と減る」大貫が続ける。「これらのどこかにクルマを停めて未希ちゃんを連れ込めば、誰にも見られずに犯行を完結できます」

確信に満ちたその態度に誰も異を唱えない。

しばらくして坂元が口を開いた。

「その時間帯の水口文彦の動きはどうでしたか？」

「水口が勤務する共和運送の従業員に連絡を取り、会社には通報しない旨《むね》誓約させたうえで勤務実態について聴取しました」大貫が答える。「彼によりますと、毎日午前八時前に印刷会社から直接、フリーペーパーなどの雑誌類がトラックで搬入されるそうです。遠方のほうから順に午前八時半からクルマで配達に出かけ、午後三時前にはほぼ全員が帰社すると言っています」

「帰社したあとは何をしている？」

助川が訊いた。

「配送した際に残っているフリーペーパーを回収しているそうで、その処分をしてから報告をすませ、一日の仕事を終えるとのことです」

「何人が勤務しているんだ？」

「七名です。水口は近場を担当していて会社を出るのはたいてい午前九時ごろで、配達が終わるのは午後一時前後。量が少ないときは午前中に終えて帰社するそうです」

「会社のクルマで帰宅してるんだろ？」

「週のうち、一、二度はそうしているようです。ことに金曜日は社に戻って報告をすませたのち、そのままクルマに乗って帰ることが多かったようです」

「水口だけか？」

「いえ、ほかにも独身の男性ふたりが会社の車をふだん使いしています。彼らも回収量が少ないと電話で報告を行い、そのまま帰宅したりしています。ちなみに金曜日の回収の量は少なかった。水口は直帰した模様です」

「金曜日の午後はクルマを自由に使えたわけですね？」

坂元が確認した。

「そうです」大貫が続ける。「水口が乗っているクルマが十日金曜日午後六時三十四分、千葉県松戸市上矢切《かみやきり》のNシステムに引っかかっております。東京方面から松戸方面に向かい国道六号線の江戸川を渡った直後のNになります。ここですね」

大貫は北関東の地図に書き込まれた赤い印をボールペンで指した。

助川が坂元と顔を見合わせて、「実家のある柏に向かったのか？」と勢い込んで尋ねた。

「と思われます。その後、柏市内のNに引っかかっています」ふたたび大貫はボールペンを動かした。「ここに」

坂元が席を離れ、ホワイトボードに歩み寄った。柴崎も席を立ち、ホワイトボード上の地図を覗き込む。

国道十六号線の柏市消防局北側のNに赤いサインペンで印がつけられている。その地点から北に一キロほどのところに赤い小さなマークシールが貼られてあった。水口の実家のようだ。そのシールの北西三キロの地点にも、同色のシールが貼られている。小さな文字で橋本玲奈遺体発見現場と記されていた。

十六号は首都圏を環状に結ぶ国道であり、Nに引っかかった地点から二キロほど南で国道六号線と交差している。

水口が運転する車は東京方面から六号線で北上し、実家に向かったと思われる。

「水口単独の乗車でしたか？」

柴崎が訊いた。

「写真判定では一名しか確認できておりません」

「未希ちゃんは、例のバッグに押し込まれていたと考えていますか？」

坂元が尋ねた。

「その可能性は大だと思います」

坂元が地図に顔を近づける。「実家の住所はここですね……」

右のマーカーに指を当てた。水口元章《もとあき》と書き込まれている。

「柏市大室になります。現在父親がひとりで暮らしています」

大貫がラックの下からチューブファイルを取り出し、机に広げて見せた。

写真アルバムがはさみこまれ、写真が四枚見える。

背の高い庭木で囲まれた古い二階建ての民家を違う角度から撮影したものだ。家を覆《おお》う板塀は黒くくすんでおり、厚い瓦《かわら》がのっている。玄関に通じる道の両側に柿《かき》の木があり、奥まで見通せない。

写真を見ながら助川が、「未希ちゃんが実家に連れ込まれた可能性はあるのか？」

と訊いた。

「現在この家を遠張りしていますが、それらしい様子は窺《うかが》えません。ただ、道路から玄関は十メートルほど引っ込んでいるので、クルマを停めても外から見られることはありません」

「父親は何をしている？」

「土地を売ったカネで生活しているのでしょう。甲状腺《せん》がんを患《わずら》っていて、家に引きこもりがちのようですね」

坂元が写真から顔を上げて、張りつめた顔で捜査一課の三人を見た。「ひとつよろしいですか？　千葉県警には伝えましたか？」

「まだ連絡していません」

当然といったふうに大貫は言った。

「浅井、そうなのか？」

助川が確認する。

「……はい、一課の方針ですので」

浅井は完全に捜査一課の言いなりになっている様子だ。

「ちょっと待ってください」坂元が混乱した様子で大貫と向き合った。「もし未希ちゃんが実家に連れ込まれているとしたら、ただちに家宅捜索を行わないといけないんじゃないですか？」

「その予定はいまのところありません」きっぱりと大貫は言った。「文彦はカネを無心するため、ひんぱんに帰省しているようです。週末、実家にいたかどうかを父親に確認するのは時期尚早と考えます。逃げられたら元も子もないですから。うちは全課態勢で臨んでいます。現在二十名ほどで実家周辺の聞き込みをはじめています。いずれこちらの刑事課からも応援を仰ぐようになるかもしれません」

　未希はすでに亡《な》くなっており、あとは遺体を見つけるだけだとでも言いたげだ。

「どうしてそんな大事なことを言わなかったんだ」

　助川が目を剝《む》き、浅井を向いて言った。

　浅井はばつが悪そうに顔をそむける。

　坂元が収まりがつかぬ顔で柴崎を振り返り、もう一度大貫と相対した。「水口について、笠原さんには伝えていますか？」

「いえ、まだ」大貫は言った。「ショックが大きいと思われますので、時期を見計らってしようと思っています」

「バッグの件も？」

「はい」

行方不明になって四日がたつが、笠原宅にも犯人からの事務所にも連絡は一切入っていない。まもなく特殊班も引き上げさせるのではないかと柴崎はいぶかった。

「出ましょう」

助川が浅井に一瞥《いちべつ》をくれ、不機嫌そうに坂元に声をかけた。柴崎もふたりに続き会議室をあとにした。

追いかけるように浅井が出てきて、助川の前に回り込んだ。

「どうしたんですか?」

「どうもへちまもない。おまえ、いつの間に一課に丸め込まれたんだ」

助川の気迫に押されるように、浅井は上体をうしろにそらせた。

「決して、そのようなことはありません」

すぐわきで、やりとりを見つめている坂元の顔にも殺気のようなものが漲《みなぎ》っていた。

「われわれの管内で発生している事件なんですよ」坂元が押し殺した声で言う。「しかも容疑者が目の前にいる。わたしたちに話を通さないという法がありますか?」

「いや、それは……」

浅井は目をそらし、言葉を濁した。

「浅井さん、いったい、あなたどう考えてるの？」坂元がふたたび声を発した。「われわれだけじゃない。千葉県警までないがしろにしたまま、このヤマを解決できるとでも思っているの」

「そうは思っておりませんが……」浅井は困惑した様子で応じる。「こちらから歩み寄っても素直に答えてくれるような連中じゃないですから」

柏署まで出向いたにもかかわらず、紙切れ一枚寄こさなかった千葉県警に対して、面目を潰《つぶ》されたという怒りがあるのだろう。しかし、捜査一課はどこまで独断専行する気なのだろうか。

「一課は何か隠していますね？」

坂元が腕を組み、ハッとした表情で言った。

「いえ、何もないと思います」

浅井はそう言うと、こちらを向いたまま後ずさりして会議室に戻っていった。

坂元は呆《あき》れたように見送っている。怒りの持ってゆき場を失ったような足取りで階段に向かって歩き出したところに、刑事課のドアが開き、高野が姿を見せた。

高野は素早く坂元に歩み寄った。ちょこんとお辞儀をして、「……あの、わたしはもう工務店には詰めていなくてもいいのでしょうか？」と切りだす。

「それは浅井さんに訊いて」坂元がふてくされたように言ったので、高野が救いを求めるような眼差《まなざ》しを柴崎に向けてきた。

「何かあったのか」

と尋ねてみた。

「特にはありませんが」高野は遠慮がちに言う。「金曜日午後の工務店従業員の動きをもう一度確認してきましたのでご報告しようと思いまして」

まだそんなことをしているのかというように助川が「いまの署長の言葉を聞いていなかったのかよ」と返す。

「……水口による犯行の線で固まったのでしょうか？」

高野が質問してくる。

「だから浅井に訊けと言っただろ」

助川が荒々しく言う。

「いいんです」坂元が気を取り直すように声をかける。「報告してください」

高野はメモに目を落とした。「十五名の社員のうち、金曜日の午後、外出していたのは五人になります。工務課長の角谷が午後一時から午後三時まで得意先回りの営業に出ています。同じく工務係の大下《おおした》、西島《にしじま》、原田《はらだ》の三名が午前十時から午後五時まで近隣の二カ所にある工事現場に入っていました。それと、堀田江里《えり》が午後二時から一時間ほど、入金や十日締めの支払いで銀行へ出向いています」

「発表会に出なかった社員がいるのか？」

「吉川さんと今言った五人以外は全員出席しています」

「角谷が営業ねえ」助川が怪しげな顔で柴崎をふりかえる。「不良社員なんだろう。本人がそう言ったのかよ」

助川と坂元には、笠原夫婦と角谷について報告ずみだ。

角谷は先代の時代から居座っている古株で、従業員たちを指導する立場にありながら、いまや従業員の中では浮いた存在である、と。

「はい、協力会社と打ち合わせがあったと言っていますが」

高野が答える。

「相手方に当たったのか？」

「いえ、まだ」

「どうせ、パチンコ屋にでも行っていたんじゃないか」

助川が揶揄《やゆ》するように言う。

「あの……角谷道弘についてはよくない噂《うわさ》だらけです」高野が続ける。「横柄《おうへい》なうえに、勤務時間中にサボッて二階の休憩室で昼寝したり、会社のクルマでパチンコを打ちに出かけたりもしているようですし。従業員から社長の智司さんにけっこう突き上げがあるらしくて……」

坂元が先を続けなさいという顔で見ている。

「経理担当の吉川さんから聞いた話なんですが」高野が言った。「今年度いっぱいで角谷さんを退職させるような方向で進んでいるという噂です」

「社長に当ててみたか？」

助川が言った。

「伺ってみましたが、はぐらかされてしまって。でも、だからこそ、そうなんだろうなって思いました」

「どうして？」

「ギャンブルでかなりの借金を抱えてしまったようなんです。それがもとで一昨年、ついに離婚して、いまはアパートでひとり暮らししています」

「ばくち打ちか……角谷は何歳になる？」

「五十五です」

「まだ定年の歳《とし》じゃないな」

「ですから、よけい」

「それだけのことですか」坂元が口をはさんだ。「経営者が素行の悪い従業員をやめさせたいと考えるのは当たり前のように思いますが」

高野はしきりとうなずきながら、「とは思いますが角谷は角谷で、かなり抵抗しているらしくて」

坂元が「抵抗するってどんなふうに？」と訊き返した。

「ことあるごとに、いま会社があるのは誰のおかげだと突っかかるし、儲《もう》けの出る注文を取れるのは、おれだけだって息巻くそうなんです」

「そんなものは口先だけだろ」

助川が言った。

「だと思うんですが、従業員の前で、いま会社がウリにしているハイブリッド工法を思いついたのはおれだと言ってきかないそうです」

「社長と揉《も》めているにしても……どうなの？」慎重に坂元が言った。「未希ちゃんの行方不明と関係はあるのかしら」

「角谷が未希ちゃんを連れ去っていたとしたら……」と高野。

坂元は呆れ顔でため息をついた。「未希ちゃんを人質に取ってウラで交渉していると言いたいの？　さらに借金を肩代わりさせるために身代金《みのしろきん》を要求しているって？　報告はそれだけ？」

「あ、はい」おずおずと高野が訊く。「あの……水口のほうはどうなりましたか？」

「そっちは一課が取り仕切ってる。おまえが出る幕じゃない。さ、戻りましょう」

助川に促されて、坂元は階段を下り始めた。高野が険しい表情でついてくるので、途中の踊り場で立ち止まり、根負けしたように口を開いた。「わかりました。角谷に限らず、ほかにも金曜日に外に出ていた従業員について洗い直してください」

高野の顔がぱっと明るくなった。

「ありがとうございます。もう一度しっかり調べてみます」

それだけ言うと頭を下げ、背を見せた。

階段を上りかけた高野に坂元が気づかうような目で、

「浅井課長に必ず報告しなさいね」

と追いかけるように言う。

「はい、そうします」

高野の姿が見えなくなると、坂元がふりむいた。「明日は昼前、本部に出向きます。

代理も同行してください」

きっぱりとした口調で命じられたので、「承知しました」と即答した。

「十一時半に刑事部長にアポイントを取ってあります」

「刑事部長ですか？」

坂元は胸を張り決意を固めたような顔でこっくりとうなずいた。

「……水口の件ですか？」

「ほかに理由はないでしょう」

機嫌が悪そうなので訊き返せなかった。

わざわざ刑事部長に時間を取ってもらって、いったい何を話すつもりなのか。

捜査一課員の態度が悪いので、注意してもらうように願い出るつもりなのか。

それならば、むだだと思った。捜査一課長は先手を打っているはずだ。いや、そもそも一課の強気の根拠は、元を正せば刑事部長の見立てにあるという線も考えられる。

そうであるならばやぶ蛇ではないか。

一歩先の助川は何も言わず、眉間《みけん》にしわを寄せて踊り場の天井を睨《にら》みつけていた。

10

警視庁六階刑事部長室からは皇居が見渡せた。緑を背景に北沢良則《きたざわよしのり》刑事部長はソファにゆったりと腰掛け、微笑《ほほえ》みを湛《たた》えた目でひとまわり以上も年下の坂元真紀に対している。

「どうだ、第一線の署長は？　本部の課長なんかよりずっとしんどいだろ？」

北沢は言った。

筋肉質の体をストライプのスーツに包み、やや面長の顔にシルバーメタルのメガネ。白髪交じりの髪をていねいに分け、物腰の柔らかい五十三歳だが、浮ついた印象はなく、硬質な雰囲気を漂わせている。前任は警察庁長官官房総務課長という、柴崎のはるか上層にいるキャリアだ。

「本部の課長は経験がありませんので、お答えしづらいです」

坂元が折り目正しい口調で応じる。

「きみだって広島県警で捜二課長を経験してきただろう」北沢が言う。「まあ、署長は違うな。とくに、きみのところは忙しいだろう」

警視庁の警察署長は管内の公舎に住み、二十四時間事件発生に備えることとされている。文字通り日曜も祝祭日もない。署のトップに位置はするが、警視総監に次ぐ警視監の階級にある者から見れば、一兵卒になるのかもしれない。

「責任は確かに感じております」

「女性署長ということでひときわ注目を浴びているしな。どうだ、やりにくいことはないか？」

「署長室に閉じこもっているのはよくないので、各課に毎日顔を出すようにしています。道場の朝練でも鍛えられていますから」

「朝の七時から？　そんなに早く出て大丈夫か？」

「柔道はちょっと苦手ですけど、竹刀《しない》は振り回していれば何とか形にはなっているかなと」

「頼もしいじゃないか。これまでのところ、順調に務められているようで安心してるよ」

「はい。部長のおかげです」

北沢は二十代で警視庁捜査二課長を経験しており、警察庁でも刑事畑が長い。兵庫県警や福岡県警といった主要地域の刑事部長を歴任し、警察庁捜査一課長の経験もある。前任の警察庁長官官房総務課長の前は、栃木県警本部長を務めていた。ふたりの娘がおり、夫婦仲も円満らしい。これからさらに上を目指せる人物だ。

「いや実力だよ、坂元くん」北沢は柴崎を見た。「柴崎代理、きみもそう思うだろ？」

「はい。十分なお働きをされていると思います」

警察庁在籍時、坂元は長官官房総務課に勤務しており、法改正や国会対応に追われる日々を送っていた。その際北沢とは上司部下の関係にあった。気心は十分知れているはずだ。綾瀬署署長に抜擢《ばってき》したのも北沢だと噂されている。

「わたくしにできることは限界がありますので」

ぽつりと坂元は洩らした。

北沢は組んでいた足をほどいた。首を伸ばすようにして、いつもより少しばかり濃い化粧の坂元の顔を見つめている。

「どうした？　きみらしくないぞ」

「すでにお耳に達していると存じますが、管内で発生した女児未帰宅事案の捜査方針について判断がつきかねております」

顔を強《こわ》ばらせて坂元は口にした。

北沢は口元を引き締め、「一課から毎日報告が上がっている」と事務的な口調で返した。

「水口文彦についても、でしょうか？」

北沢は大きくうなずいた。

「部長はやはり水口による犯行と思われますか？」

坂元が核心を突いたものの北沢の表情に変化はない。

「きみはどう見ている？」

問い返されて、坂元はあわてることなく語りはじめた。

「水口が住んでいるアパートのゴミ置き場から笠原未希の頭髪が付着したバッグが見つかったことから見て、水口文彦による犯行の線は濃厚だと思われます」

「うん。水口がクルマを使っているのはどう思う？」

「東綾瀬公園で他の女児に声がけしているのが目撃されています。おそらく公園の駐車場にクルマを停めて、笠原未希を言葉巧みに誘いクルマに引き入れたと考えられます」

「そのあとの行動については？」

「柏に出向いた件でしょうか？」

「それも含めて」

「クルマに引き入れた直後、笠原未希が抵抗したため、水口はあわてて殺害した。遺体の処置に困り、土地勘のある柏を目指したのではないかと考えます」

「バッグをあらかじめ持参していたのか？」

「その可能性が高いと思われます。あるいは実家に置いてあったものかもしれません。クルマから死体を降ろすときに、周囲の目に触れないようにバッグに入れたのではないかと」

「しかし、バッグを自分が住んでいるアパートのゴミ置き場に捨てるのはあまりに不用意じゃないか」

「死体を遺棄して一安心した。アパートに帰って来てようやく気づいて、粗大ゴミとして出す手順を怠り、あわてて捨てたのだろうと思います。目をつけられているとは考えてもいなかったはずですし」

北沢はゆったりと上体をソファにもたせかけた。

「一課の見立てと同じだな」

坂元はここぞとばかりに身を乗り出した。

「同じ考えのもとに柏に出向いているのですね？」

「一課の威信をかけて当たっているのは間違いない」

北沢はそれだけ言うと笠原未希の家庭状況について尋ねた。

坂元があらましを説明してから、柴崎に付け加えることはありますかと訊《き》く。

柴崎は刑事部長に向き合った。「笠原未希の家は工務店を営んでおり、十五名の従業員を雇用しています。それなりの資産家でありますし、従業員の中には未希の父親——智司社長に対してあまりよい感情を持ち合わせていない者もいるようです。そのあたりについては、水口と並行して捜査を続ける必要があるかと存じます」

「おおむね報告書にある通りだね？」

「は、そうなるかと思います。しかしながら……」

言い淀《よど》んでいると、北沢から続けなさいと声をかけられた。

「個人的には水口による犯行の可能性が高いとは感じておりますが、断定するのは時期尚早ではないかと考えています」

「そうかもしれん」

北沢が同調したので、意外に感じた。

バッグが水口のものと断定されていないので、北沢としても確たる見通しが立っていないものと思われた。そのぶん、捜査一課から強引に押し切られているのではないかとも。

「犯行が誰によるものにせよ、笠原未希の所在はまったくわからない状態です」坂元が続ける。「マル害の頭髪が付着したバッグが水口が住んでいるアパートのゴミ置き場から見つかっていますし、東綾瀬公園では過去に女児に対して接触を試みています。こうした状況は、五年前の柏市における玲奈ちゃん誘拐殺人事件と酷似していると感じられます」

北沢は何度かうなずいた。

「水口は玲奈ちゃん誘拐殺人事件の犯人としていったんは逮捕され、当初は自供したものの、証拠等が不十分であったため処分保留で釈放されたようです」坂元がつけ足す。「今回の事案については慎重に客観的な証拠物品等を収集したうえで検挙に踏み切るのが妥当と考えます」

「ということは」北沢は言った。「現段階では、それは困難だと考えているのだね?」

「そうです。検挙、立件については、五年前の反省を踏まえた上で最低限クリアすべき事項が残っていると思います。それを明らかにするうえでも、当時の千葉県警による捜査活動、ならびに千葉地検の動きなどを詳細に検討すべきかと」

「水口の支援者はどうだ?」北沢は坂元の顔を見つめた。「へたにパクったら連中が黙っていないんじゃないか。いまのところ、おとなしくしているらしいけどな」

「おっしゃる通りです。裏付けもないのに水口に手を出せば、我々が袋叩きに遭いかねません。マスコミを味方につけて臨んでくるでしょう」

「それは置いておくとしてもだ」肝心なところを濁したまま北沢は続ける。「まだ、未希ちゃんの居所は定かではない。殺されたかどうかもわからん」

「最悪の事態も想定しておくべきか、と」

北沢は強い調子で言う坂元に覚悟を見たようだった。

「今度こそ失敗は許されない……そう言いたいんだな？」

坂元は大きくうなずいた。「おっしゃる通りです。警察の威信がかかっています」

「で……きょうは何をしに来た？」

ふっと口元をゆるめて北沢は言った。

「千葉県警に情報提供を願い出ましたがにべもなく断られました」坂元は言った。

「これは想像ですが、自分たちの捜査に後ろめたい部分があったからではないかと疑っています。不幸なことに、また水口が関わっているかもしれない事件が発生しました。過去の経緯は抜きとして、うちと千葉県警がスクラムを組んで対処するべき段階に至ったと思わざるをえません」

「……県警本部に部下を行かせたのか？」

「問い合わせたところ、直接柏署に出向いてほしい旨の回答があり、うちの刑事課長を派遣しました。ですが……紙切れひとつ、いただけませんでした。たとえ、わたくし自身が出向いても同様の結果だったはずです。部長、このままではうちも千葉県警も共倒れになる可能性があります」

「大げさなこと言うなよ」

北沢は席を立ち窓際《まどぎわ》に寄って、眼下に広がる風景を眺めた。

坂元もその横につく。「千葉県警と手を組むことができたら、五年前の事件も今回の事案をテコにして一挙に解決できるかもしれません。ご検討願えませんでしょうか?」

「合同捜査本部の設置か? 向こうはどう言うだろうな」

窓外に目を向けたまま、早くも否定にかかった北沢に坂元は苛立《いらだ》っているようだった。

千葉県警本部長の戸上芳仁《とがみよしひと》は、北沢と同じ東大法学部出身で一期上のキャリアだが、警視庁刑事部長のほうが格上になる。戸上は公安畑の人間で、エリートでもトップを走る警察庁警備部長就任が既定路線だったが、ここ数年、パワハラまがいの言動が目を引き、ラインから外れようとしている。かつて宗教団体による警察庁長官狙撃《そげき》事件が発生したとき、警察庁内で戸上と北沢は激しく対立したと聞いたこともある。

「よほど明瞭《めいりよう》な証拠がない限り、いきなり合同捜査本部の設置は無理かと思います。ですので、この際、上から動かしてはいただけないでしょうか？」

北沢は坂元を振り向き、頬をわずかにふくらませ息を吐いた。

「警察庁《サッチヨウ》から下ろせと？」

「できれば、警察庁指定事件として」

坂元は背筋をピンと伸ばし、ここぞとばかり言い切った。

「広域指定か」

「はい」

そう答えた坂元に、長く苦々しい視線を向けてから、北沢は目をそらした。その横顔に怯《ひる》むような影が走ったかに見えた。

坂元がもと上司に一歩近づいた。それに押されるように北沢が身を引く。

「これまで指定された二十四の事案と同等に扱えと言うのか？」

坂元はうなずいた。

北沢はソファに戻り、坂元にも座るように促した。

「無理があるよ、坂元くん」北沢は言った。「どれも連日マスコミを賑《にぎ》わせた大事件だ。ホシのパフォーマンスも並大抵じゃなかった」

それにひきかえ、今回の事件は粒が小さすぎると言わんばかりの答えだ。

しかし坂元には怯む気配がなかった。浅く席に腰掛けたその華奢《きやしや》な体から微塵《みじん》も揺るがない意思を発散している。

「本指定にしていただく必要はないかと存じます」坂元は言った。「準指定としていただくことはできないでしょうか？」

北沢は面食らったように、「準指定」と言うなり、黙り込んだ。

しばらくしてから、「確かこれまで五件の指定だけだったな？」と訊いてきた。

「五事案のみです。そのうちの一件は未解決のままです」

額に手をあて、険しい表情で北沢は身を起こした。

「千葉県警の……だったな」

待っていたとばかりに坂元はうなずいた。

「はい。過去に似た事例があるのです。昭和五十七年に起きた女子中学生殺人事件が準指定されています」

はじめて聞く話だと柴崎は思った。警察庁準指定事件などという言葉についても、警察学校で習ったのかどうか記憶がない。

「新宿のディスコで若い男にドライブに誘われた女子中学生ふたりが千葉市内で襲われ、ひとりが死亡、もうひとりが重傷を負いました。このとき千葉県警と警視庁の合同捜査本部が立ち上がりました。準指定されたからこそだったと思います」

「……そうか」と言ったきり、北沢は言葉を継がなかった。

ようやく肩の荷を下ろしたという具合で、坂元もこれ以上言うことはないという顔で北沢の様子を見守った。本指定にしろ準指定にしろ、指定されれば合同捜査本部が設置され、有無を言わさず協力態勢ができあがる。果たして、今回はそううまくいくだろうか。

「検討してみよう」北沢は言うと、頬のあたりをゆるませた。「せっかくだし、丸の内のフレンチにでも行くか?」

「お言葉はありがたいのですが、本日のところは」

「そうだな。女城主がそうそう城を離れてもいられないものな」北沢は続ける。「やっぱり署長職はしんどいだろう?」

言われて、坂元はほっと息をついたようだった。「そうですね。まわりの見る目がありますから」

「きみが着任してからもうすぐ一年だし、そろそろ戻るか? 仕事はいくらでもあるぞ」

坂元の顔が少しばかり曇った。

「警察庁《サッチョウ》に？」

「それもいいが、せっかく警視庁に来たんだから、もう少し腰を落ち着けてみてもいいかもしれない」

キャリアとして上を目指すには、警視庁で役職を重ねてゆくのもいい。警視庁本部の部付き理事官あたりのポストに呼び上げるつもりなのだろうか。そのあたりの呼吸は坂元にもわかるらしく、はにかむような笑みを浮かべたが、それもすぐに消えた。

話題は転じられ、北沢から今田《いまだ》明美《あけみ》鳥取県警本部長の話が出た。女性としてはじめて県警本部長になったキャリアだ。北沢のふたつ年下、坂元からは十四歳年上になる。美人で控えめ、若いころは趣味のフルートを奏《かな》でる姿に見とれた男たちも多くいた、などと新聞に盛んに書き立てられた人物だ。

「今田さんも十年前、戸塚警察署の署長を務められていましたよね」

それまでの重苦しさを消し去るように坂元が軽快に言った。

「この春あたり、いよいよ戻ってくるらしいぞ」

坂元が身を乗り出した。「サッチョウに？」

「何でも捜一課長らしい」

警察庁の捜査一課長といえば、男性キャリアの定席で、北沢もかつてその任にあたった。

「すごい」

「ああ見えて、性格はきついぞ。討ち死にした部下も十人はくだらんらしいし」ニヤリと北沢は笑みを浮かべる。「男社会だから、それくらいはったりをきかせないとな」

「ヤヌスですね」

二重人格と言いたいのだろう。

「そこまで言ってないぞ。それより、きみの後輩の星野佐知子《ほしのさちこ》はどうだ？　財務省のエリート三人衆のうちのひとりと近々、高砂《たかさご》だそうだけど」

「はい。聞いています。サッちゃんならいい奥さんになるかな、と」坂元が言う。

「主計官補佐で出向していたからですね」

「そっちも頑張らんとな」

「ですね」

離婚経験を経た坂元が警察署長の職務をまっとうしているのを見て、北沢は安堵《あんど》しているように感じられた。もう一度、私生活でも花を咲かせてはどうかと思って当然かもしれない。

しばらく、キャリア界の華やかな人事や他官庁の話題になった。坂元は警視庁の警察署長である身分を忘れたように会話を楽しんでいる。

話を聞きながら、心地いい空間だと柴崎は改めて思った。警視総監室のように、専属の秘書室こそ設けられていないものの、受付専属の女性がおり部屋は広くゆったりしている。

一年半あまり前まで籍を置いていた総務部企画課当時の光景がよみがえってくる。緊張感のある静かな部屋が懐《なつ》かしく感じられた。週に一度は警視総監の前でレクチャーを行い、部長や署長たちを呼び出してヒヤリングをした。

警視庁の頂点に立つ人間たちを相手にする日々。巨大組織の舵取《かじと》りに加わっている実感があった。

それがどうだろう。たったひとつの事件に汲々《きゆうきゆう》としているいまの自分はひとまわりもふたまわりも小さくなったような気がする。気がつけば入室してから四十分が過ぎていた。帰署しましょうという坂元の言葉に我に返り、居住まいをただして一礼ののち部長室をあとにした。

復路の車中で、柴崎は準指定について尋ねてみた。

「何とかならないかなと思って」と坂元は言った。「大臣官房や内閣法制局の知り合いに訊いたりしてみたの」

「そうだったんですか」

警視庁では刑事総務課が担当になるが、さすがに準指定までは頭が回らないだろう。並々ならぬ覚悟と決意が感じられる。自身の責任問題というより、警察のプライドにかけて解決せねばという気構えが勝っている。柴崎自身も、その意を受けて、身が引き締まる思いだった。

銀座の入口から首都高速に乗る。きょうも混んでいた。しばらく運転に集中する。

柴崎が黙っているので、坂元に訊かれた。

「どうかしましたか？」

「はい、これから先、署長がどこへ異動されるのかについて、つい考えてしまいまして」

綾瀬署から去ったのちは、柴崎とは比較にならないほどの重要なポストに就くだろう。

「心配してくれてありがとう。どこが向いていると思いますか？」

「……それは」

大型トラックが割り込んできたので、減速させる。

軽々しく口に出せるものではない。

「遠慮しなくていいから」

「はい。警察庁《サッチョウ》の警備局理事官とか、思い切って総理大臣秘書官くらいがよろしいのではないかと思います」

ルームミラーで目が合った。

「秘書官、ちょっと荷が重いかも。もっと現実的なラインは？」

「いっそのこと第四機動隊隊長などは」

鬼の四機と呼ばれる勇猛果敢な機動隊だ。現在は立川の広域防災基地に配置されている。

治安警備を担当しており、武道が重んじられる。精鋭中の精鋭がそろっている。

「あんがい、合うかもね」坂元は声を弾ませた。「立川でびしびし鍛えてもらおうかな」

「そうなさってください」

ようやく前方の車線が空いた。

ハンドルを強く握り、やや深めにアクセルを踏み込んだ。

11

二日待っても刑事部長からの連絡は入らなかった。警察庁に根回しを行うにせよ、デリケートな案件だけに、時間がかかるのかもしれない。しかし金曜日の午後になっても、電話ひとつ入るわけではなく、坂元は焦燥感を募らせているようだ。表立った捜索活動は終了し、一課による捜査の続報も入ってこない。新聞記者の数だけは増えている。

神隠しに遭ったかのように未希の消息は途絶えたままだ。事態は一向に好転する兆《きざ》しを見せず、胃が固く締めつけられるような不安な毎日だった。

給与関係の書類を精査していたとき、受付の巡査が席にやって来て、「柏署の刑事課長さんがお見えですが」と言った。

カウンターを見ると髪を短く刈り上げた男がこちらを覗《のぞ》き込んでいた。柏署刑事課長の平岡だ。その横では茶色いコートを羽織った大柄な男が、険のある目で廊下の先を見つめている。千葉県警捜査一課管理官の辻本……。

連絡もなく、いきなり姿を見せるとは、どういう風の吹き回しなのか。一昨日、署長の坂元とともに本部の刑事部長に要請に出向いたことと無関係ではないはずだ。署長同士で話がついているのだろうか。戸惑いを覚えながら席を立ち、副署長の助川に状況を伝えると署長室を覗いた。

軽くドアをノックしてから、稟議《りんぎ》書類に判を押している坂元に、柏署の刑事課長がお見えになりました、と伝えると、坂元は意外そうな面持ちで柴崎を見上げた。

「柏署の刑事課長？」

事前に交渉を行ったわけではないようだ。

「とりあえず、お通ししますね」

わかりましたという返事を背中で聞きながら、カウンターに出向いて、平岡刑事課長と向き合った。水口の件でしょうかと口にする。

「そうです」

ぶっきらぼうに平岡は言った。

「お入りください。署長をご紹介します」

柴崎が言うと、平岡は手でさえぎるように、「あ、いいから、いいから」と言って、自分の足元を指した。

大判の段ボール箱がふたつ置かれている。

「これ、資料になりますから」平岡はそう言うと、背を見せて辻本とともに正面玄関から出て行った。開いた口がふさがらなかった。いきなりやって来たかと思えば、署長に会おうともせず帰ろうとしている。

とにかく、引き止めなければ。

カウンターを回り、急ぎ足でふたりを追いかけた。

正面玄関横の駐車場に停められていたワンボックスカーに乗り込もうとしているところをようやく捕まえた。

「お待ちください」

声をかけたものの、平岡は運転席におさまり、辻本も意に介せずスライドドアを開けて後ろの席に入った。閉じかけていたドアをつかんで強引に開き、中に乗り込んだ。

そこまでするとは思わなかったらしく、辻本は呆れたような顔で柴崎を見つめたまま、言葉をつまらせている。

「とにかく、うちの署長に会っていただけませんか」

それだけ告げるのが精一杯だった。

「会ってどうする」

ようやく辻本が口にした。

「玲奈ちゃん事件ご担当として、当時の状況を詳しく話していただきたいんです」

「それならもう、すんでるよ」

運転席から振り返り平岡が言った。

とりつくシマもなさそうだ。

「捜査を中止された理由をお聞かせいただけませんか」

「おたくらだって、よくあるだろ。上が変われば下だって変わらざるをえない」

辻本がわかってくれ、と言いたげな目で見つめてくる。

「当時、刑事部長のポストに生活安全《セイアン》出身の人間が就いた。一課長は捜査の継続を進言していたが、手が足りないということであっさり見送られた。水口が東京に出てきたころの話だよ」

そこまで言うと、辻本はこれ以上受け付けないとばかりに腕を組み、前をにらんだ。

運転席のシートを叩《たた》き、車を出すように促す。

これ以上引き止めるのは無理なようで、仕方なく車から降りた。

ワンボックスカーはゆっくりと歩道を進み、右方向に走り去っていった。

署内では坂元がカウンターの前に出て、置かれたままの段ボール箱の横に立っていた。

「何なの？」

「水口関係の資料のようです」

柴崎は警務課の部下に声をかけて段ボール箱を署長室に運び込ませた。

ふたつの段ボール箱の中には、〝水口文彦〟と背表紙に書かれた分厚いチューブファイルがつまっている。かなりの量だ。何の説明もなく、いきなり持ち込んできた柏署——千葉県警のやり方には、疑問を越え憤《いきどお》りさえ覚えた。大人げないやり方だ。

腰に手を当てて、書類を見下ろしている坂元も困惑気味だ。

助川がローマ数字でⅠと記されたファイルを取り上げ、パラパラと頁《ページ》を繰った。

捜査報告書のコピーが綴《と》じられているようだ。

「署長、これが連中の回答ですよ」呆れたような口調で言った。「本部の部長から千葉県警の本部長に話がいって、とりあえず渡してやれということになったんでしょうな」

「でも」

坂元は、こんなかたちでお茶を濁されたらたまらないと言いたげだった。

柴崎は失望した。合同捜査本部の設置はおろか、準指定の要請すら受け流されてしまったのか。

子どもの使いでもあるまいに、五年前の資料を寄こすだけとは。

「一課に持ち込まれなかっただけでも良しとしますか」

助川は呑気《のんき》そうにソファに座り、先ほどのファイルのページをめくる。

取り合ってはいられないという様子で坂元は大股《おおまた》に署長席に戻り、何事もなかったように判を押す仕事を始めた。

「あれ、こいつかぁ」助川が頓狂《とんきょう》な声を上げ、ファイルを開いたまま署長席に歩み寄った。

「一課の大貫の調書ですよ」助川は言った。「九年前、葛飾の金町で水口が起こした事件のときの」

坂元は差し出されたファイルに目を通しはじめた。柴崎は横から覗き込む。

水口の供述調書の最終ページに警部補の大貫昌治の署名と押印《おういん》がある。

「道理でやっこさん、張り切っていたわけだ」助川が軽口気味に言った。

坂元が調書にざっと目を通してから、もう一度そのページを広げて、朗読をはじめた。

「……おまえも真人間になれよと本職が呼びかけると、神妙そうに、これからは二度と同じ過《あやま》ちは繰り返しません、と反省している」

そこまで読むと不機嫌そうにファイルを閉じた。

「まあ、一応の成果としますか」助川が坂元に声をかける。「これだけのものを引きずり出したんですから」

皮肉と受け取ったようで、相変わらず坂元の機嫌は悪いようだ。

「署長、これを突破口にしましょう」助川がファイルを叩きながら言う。「ほじくり返せば、きっと何かが出てきますよ」

「うちではなくて一課の仕事になりますね」

決裁を再開しながら、坂元が冷めた口調でつぶやく。

刑事部長との個人的なつながりに賭《か》けて準広域指定の要請をしたものの、警察間の壁は厚く要望は聞き入れられなかった。せいぜい顔を潰《つぶ》さないよう配慮した結果がこの段ボール箱二箱であり、坂元は自らの面目の立てようがない様子だ。

助川がしばらくはこの調子だなという目で柴崎をちらっと見た。

「これを持って二階に上がりましょう」

坂元が口にした。自分たちの手元にあっても意味がないと言わんばかりだ。

署長席の電話で刑事課長席にかけた。浅井に経緯を説明すると、自分も小会議室に出向くと言って電話が切れた。

部下に段ボール箱を二階に持って行かせ、坂元と助川と三人で二階の小会議室に入った。

先着していた浅井が、ドアのわきに置かれた箱の中身を覗き込んでいる。

「これで解決だな」

助川が冷やかすように言う。

「いま届いたんですか？」浅井が訊いてくる。

「何も言わず、ただ置いていったそうだ」助川が答える。「よっぽどおまえの印象が悪かったんだな」

浅井はばつの悪そうな顔をした。大貫は一度覗いただけで、さほど心を動かされたようには見えず、ファイルを取り上げようともしない。

「大貫」助川が言った。「おまえに預けるぞ、これは」

「了解です」

大貫は感慨など微塵もなさそうに段ボール箱から離れた。

「精査しろよ」

助川が言う。

「いちおう拝見させていただきます」

「気に入らないことでもあるのか？」

助川が言うと、大貫は立ったまま助川を振り返った。

「あまり期待はできませんからね」

助川は額に青筋を立てた。「見もしないうちから何だ、その言い草は」

「証拠物品でも入っていれば別ですが、紙っぺらだけじゃ役に立たんでしょう」

「どんな証拠がいるんだ？」

大貫の目が光った。「玲奈ちゃんの首を絞めたベルトでも入っていれば」

「それは向こうで保管してるんじゃありませんか？」

坂元が割り込んだ。

「どうでしょうね」

大貫は窓際のホワイトボードに歩み寄り、そこにとめられた地図の一点を指さした。

赤いマークシールが貼《は》られている。橋本玲奈の遺棄死体が発見された場所だ。常磐自動車道の柏インターチェンジから真北へ一キロほど行った下水処理場西の雑木林。

「このあたり、道のどんづまりで雑木林に覆《おお》われていて、ふだんは人が入りません。

玲奈ちゃんの遺棄死体は裸にされた姿で雑木林のほぼ真ん中で見つかりました。首を絞めるのに使った玲奈ちゃんのベルトやランドセルも現場にあった。ただし、財布はここから一・五キロ離れたここで見つかっています」

「知っています」坂元が顔をしかめた。殺害されたときの詳しい状況を思い起こしたくない様子だ。「当時、三百円ほどの小銭を入れていたのに、水口がそれを抜き取って捨てたはずです」

坂元がホワイトボードにとめられた財布のカラー写真を一瞥《いちべつ》する。

長さ七センチほどのピンク色の財布だ。がま口タイプで、女の子に人気のあるアニメキャラクターがあしらわれている。

「ここで見つかっています」

大貫は指を東側に動かし、そこに貼られたマークシールに指を当てた。柏インターチェンジから一キロほど下った地点、高速道路わきの雑木林だ。

「千葉県警は公妨で逮捕後、血眼になって遺棄現場周辺を捜しましたが、とうとう見つけられず、ひと月も経《た》ったあとに、ようやく発見に至った。おかしいと思いませんか?」

大貫が指で叩くところを見ながら坂元が、

「水口の供述どおりの場所から見つかったんでしょ？」

と問い返した。

「やつは高速道路にかかる橋の上から捨てたと言っただけですよ」

それは初耳だった。

大貫は続ける。「どうしても強盗殺人に持っていきたかった捜査本部は、必死になって付近を捜したが見つからない。そして、逮捕一週間後には、水口は否認に転じた。思いもよらなかった展開にあわてた捜査陣は、取り調べが長期化するのを予想して、あわてて別件の立件に向けた捜査を開始したんですよ」

「それがふたつめの公然わいせつ罪？」

坂元が訊くと、大貫は肯定するように両手を広げた。

「水口が東京の金町から柏に戻った時点で、警視庁は千葉県警にその旨《むね》を伝えた。それに基づいて、千葉県警は水口をふたたび要注意人物としてマークしだした。彼が戻ってきてから、実家付近では女児に対する声がけ事案が発生するようになったし、彼の実家は玲奈ちゃん事件が発生した下水処理場を囲む雑木林から南東に三キロほどのところにあります。彼が出た高校だって目と鼻の先にあるんですよ」

大貫は南西方向に指をずらし、柏インターチェンジ西側にある高校に指をあてがった。そこにもマークシールが貼られてある。さらに、東方向に指を移動させて、大室にある水口の実家を示すシールを示した。すべて半径三キロ内におさまる距離だ。

「このあたりに土地勘もあるし、当時前科持ちだった水口に疑いの目が向けられたのは当然でした。というより、水口が犯人だと断定した上で捜査が行われたわけです」

「最初から見込み捜査だったと言いたいのか？」

それまで黙っていた助川が目を尖《とが》らせて訊いた。

大貫は意に介さなかった。「そう言えるでしょうね。あわてた千葉県警でしたが、水口に関するネタは持っていたので、その中から見込みのある公然わいせつ事案を拾って、裏付け捜査に捜査員を集中させた。肝心の玲奈ちゃんの財布の捜索は後回しになったんですよ」

「それでも見つけたんだから文句はないだろ？」

助川が譲らない様子で尋ねる。

「捜索範囲を広げた末にね」大貫は柴崎に視線を振ってきた。「財布について訊いてきましたか？」

いきなり訊かれて意味がわからず、「何ですか」と問い返した。

「水口の弁護士が玲奈ちゃんの母親と直接会って話を聞いたことは？」

大貫が突っ込んでくる。

「そこまでやったのか？」

あわてたふうに浅井が口を出した。

当時の弁護士ならやりかねない。

「嫌がっていたんですが、強く出たらしくて」大貫はどこから説明すればよいのかという感じで片手で顔を擦った。「弁護士が財布について尋ねると、母親はイミテーションの安物だったと答えたわけです。千葉県警が見つけたのはこれですよ」

大貫はホワイトボードにとめられた財布のカラー写真を外し、かかげて見せた。

「ここ」

大貫がキャラクターの左手に描かれたネコを指したので、全員の視線がそこに集まった。

「イミテーションのやつは、ネコじゃなくて犬です」

いち早く声を上げたのは坂元だった。「県警が見つけたのは本物の製品なの？」

「なぜかね」

理解に苦しむ顔で坂元は大貫を見た。何も口にはせず、助川に目を移した。

その視線を感じた助川が口元に拳《こぶし》をあて、頬をふくらませた。「探しても見つからなかったので千葉県警が本物の製品を入手して、それをこっそり現場に置いたのか……」

大貫は無言で首を縦にふる。

「イミテーションだったことを玲奈ちゃんの母親は警察に伝えていなかったんですね？」

柴崎が確認を求めると、大貫は「そのはずですよ」と即座に答えた。

「発見自体がねつ造だったの？」

押し殺した声で言った坂元の顔を全員が振り返った。

「そこを弁護士から突かれたのか？」

助川が訊くと、大貫はうなずいた。「その時点で、検察は手を引きました。身内からも見放されたんですよ」

坂元が一歩前に出た。「それが処分保留で釈放された理由？」

「後手後手になっている捜査を見ていた検察は、最初から危なっかしいと睨《にら》んでいたんです」したり顔で大貫は答えた。「財布の発見もねつ造だったと見抜いたんですよ」

「確かか？」

助川が信じられない面持ちで再度確認した。

「当時の担当検事の安岡《やすおか》さんは東京地検にいますよ。訊いてみたらいかがですか？」

言われて助川は顔を赤らめ横を向いた。

「安岡さんは、水口に犯行は不可能だったという調書まで取っていますからね。確か釈放されるひと月前には、接見禁止も解いていたはずですよ」

追って大貫の口から出た言葉に座が静まった。

千葉県警は水口による犯行と断定し、それを立証するために時間稼ぎに公然わいせつ罪で再逮捕してみたり、財布発見をねつ造したりして、なりふりかまわず強引に捜査を進めていたのだ。

「違法捜査じゃない」

坂元が腕を組んでつぶやいた。

逮捕当時から、公判を維持できなくなる恐れが十分にあったのだ。

「連中、それについて何か言っていませんでしたか？」大貫は坂元に向き合って言った。「口が裂けても言えなかったかもしれませんがね」

「玲奈ちゃん殺しのホシは水口ではないというの？」

大貫は目を大きく見開き、「とんでもない。状況証拠は山ほどあります。真っ黒ですよ、あいつ以外にホシはいない」と応じた。

「例の歯についての証言があるからね？」

そちらについてもどうだろうかと柴崎は内心思った。

やっとわかってもらえたかという顔をしたのち、大貫は席についた。

「それでも、きちんともういっぺん見直せよ」

助川が浅井に声をかける。

浅井はしきりとうなずきながら大貫をうかがっている。

気まずい沈黙が流れていた。千葉県警が合同捜査本部の設置に踏み切りたくない理由が呑み込めた。過去の捜査上の汚点をさらけ出すことに外ならないからだ。だが、現に同じホシの犯行と思われる事件が綾瀬で起きている。そのことに目をつむるわけにはいかない。

浅井を残し、坂元と助川とともに部屋を出た。

「初動捜査がまずかったんだ」助川が口を開いた。「基礎捜査をないがしろにして、自白偏重で押せ押せで、その結果がこれだ」

「いまさら言ってもはじまりませんよ。今後のことを考えないと」

そう口にした坂元だが、さすがに気を落としたようだ。

「柴崎」助川に声をかけられた。「笠原さんのところに行ってこいよ」

外に出るほうが気が楽だ。

「了解しました。すぐ出向きます」

いま聞いた内容は、決して当事者たちに話せない。

やはり水口による犯行の線は固いと思われた。たったひとつでもいい。何か新しい証言を引き出せないものだろうか。

12

四時をまわっていた。工務店はふだん通りの光景を見せていた。従業員の半分ほどは外に出ていて、残っている事務担当のふたりも電話応対に忙しそうだ。ひとり離れた席に座る角谷と目が合い、一礼して住宅とつながるドアを開ける。到着前にワンコール入れていたので高野が待ち構えていた。

援軍を待っていたかのような顔つきだ。黒のハイネックの上にウールジャケットを羽織っている。

柴崎のそばへかけ寄って、「何かありました?」と小声で訊いてくる。

首を横にふると、ようやく身を離した。

「何か動きは？」

「いえ、特には」

「特殊班は残っているな？」

「はい、五名全員。二日おきに人は代わりますが、泊まり込みでいてくれて」

三階には客間がふたつあるので宿泊に問題はない。

「ご両親の様子はどうだ？」

「佳子さんは相変わらずふさぎ込んでいます。智司社長はときどき、一階に下りていって仕事を見ています」

「会社は会社で維持しなきゃならないだろうからな」

「ええ。気丈にふるまっていらっしゃいますけど、とてもお辛《つら》いらしくて。特殊班の方が言うには、夕べも智司さんから『未希はいまどんな思いでいるんでしょうか。まさか死んでいるんじゃないでしょうね』と尋ねられたそうです」

「参っているんだろうな。将太くんはどうしてる？」

「それが、まだ学校に行けないようで」

「風邪が治らないのか？」

「ちらっと見ただけですけど、体調は悪くないみたいなんですよ」

「本人は何と言ってる？」

「話しかけようとするたびに、ご両親がすぐ部屋に入れてしまって。こんなときだけに仕方ないとは思いますけど」

「学校に行けば行ったで、同級生から色々言われるだろうしな」

子どもの精神状態を考え、当面は自宅で守りたいという両親の気持ちは理解できる。

「行こう」

高野を促して階段を上る。

二階の玄関前で、高野は思い出したように柴崎をふりかえった。

「角谷さん、先週の金曜日の午後はやっぱりパチンコに出かけていたようです」

「得意先回りじゃなくて？」

「はい」

「本人がしゃべったのか？」

「ええ、訊《き》いたらあっさり、綾瀬駅前のパチンコ店の名前を洩《も》らしました。発表会に来なくていいと言われたのが癪《しゃく》にさわっていたらしくて」

「いまや嫌われ者か……」

ふてくされてパチンコを打ちに行ったのだろう。

従業員たちの噂《うわさ》はほんとうのようだ。

ともあれ、角谷が未希を人質に取り、智司と裏で駆け引きしていることなど、どう考えてもありえないだろうと柴崎は思った。職場で毎日顔を合わせながら、警察官にバレぬよう平静を装《よそお》ってそんな交渉を続けられるはずがない。

「佳子さんに角谷さんのことを訊いてみたんですよ」高野が言う。「先代のころから長く勤めていて、腐っても鯛《たい》、は言いすぎとしても、会社の生き字引のような人ではある、と。佳子さんは佳子さんで角谷さんを頼りにもしているようなんですね」

「未希ちゃんがいなくなったときも？」

「ええ、すぐ声をかけて三階に上がって来てもらったそうです」

「なるほどな」

「金曜日午後に外出した従業員のアリバイについても確認しました」高野は続ける。「工務係の三人は工事現場に入っていたのがはっきりしました。事務の堀田さんは自転車で綾瀬駅近くの銀行に出向いたと証言していますが、わたし自身も担当した女性銀行員に尋ねてみました。二時すぎに堀田さんは銀行に現れています。わりと短時間で帰ったみたいですけど」

「無駄骨だったたな」

「でも、ちょっと気になることが出てきたんです」高野は声をひそめて続ける。「その銀行員は事件のことが気になるらしくて、昨日の午前中、智司さんが銀行に来て五百万円、現金で下ろしていったと教えてくれました」

「資金繰りのためか？」

「わかりません……ご自身の普通預金からだったそうですが」

「五百万も何に使うんだ？」

「事件のことがあるから、何も訊かずに用意したそうです」

高野は困惑した顔で柴崎を見た。自分に代わって訊いてほしいとその目が訴えている。

「特殊班には伝えたか？」

「いえ」

「まさか、警察に内緒で誘拐犯と交渉しているんじゃないだろうな？」

誘拐犯側と裏取引を行い、子どもを取り返す算段をしている可能性はないわけではない。

「それはできないはずです」高野は即座に答えた。「ご存じのように、特殊班が電話会社で工務店の固定電話とご両親のスマホを傍受しています」

「電話以外のやりとりがあったとしたら……たとえば角谷さんを通してとかさ」

「どうでしょうか」

三階には特殊班員がふたりつめていた。交渉役の落合洋司《ようじ》と、もうひとりは、はじめて見る顔だ。山田《やまだ》保幸《やすゆき》巡査部長ですと落合から紹介される。柴崎も役職と名前を告げながら、両親がいるソファに顔を向ける。

茶色いタートルネックのセーターに身を包んだ佳子と目が合った。頬が一週間前よりすぼんでいるように見えた。智司が労《いたわ》るようにぴったりと寄り添っている。きょうは作業着姿だ。

ソファを回り込み、ふたりの前で膝《ひざ》を折る。

「ご体調はいかがですか？」ふたりに問いかける。

佳子が軽く頭を下げた。頬がやつれ、重い病気にかかっているような顔つきだ。

「家内、眠れなくて。困ってるんですよ」

智司は社長然としたきびびした所作で、佳子を覗き込み、労りの言葉をかける。気を張っているのだろう。ここで折れていては、子どもを取り戻せないと自らを叱《しっ》咤《た》しているに違いない。

どちらもふさぎ込まれていては、こちらとしても対応がしづらいので、いくらか気が楽になったものの、「いけませんね」としか返せない。

「どうなんですか」智司が身を乗り出し、やや高飛車に訊いてくる。「何でもいいんですけどね、手がかりはないんですか？」

特殊班の捜査員は何も伝える気がないのだ。かといって、こちらに問われても答えづらい。

「綾瀬署だけではなく、捜査一課も全力で捜索を続けていますので、いましばらくお待ちください」

紋切り型の答えに失望したらしく、智司は、ほんとに困ったなぁとつぶやきながら、両腕を組み、つけっぱなしのテレビに目を向ける。

民放のニュース番組だ。

「こんなの我慢できないよ」

なじみの鼻にかかった声で言う。

「お辛いのはわかります」

柴崎は言うと、目で立てないかと合図を智司に送った。

気づいた智司が陰鬱《いんうつ》そうな影を引きずるように、柴崎のあとについて窓側に寄った。

「従業員の方からお話を聞いています」

　小声で語りかける。

「え、何のこと？」

　小さく応じた智司の顔色を窺《うかが》う。思いあたる事柄はないようだ。

「差し出がましいようで恐縮ですが、工務課長の角谷さんから何か言われていませんか？」

　智司の顔色が翳《かげ》った。「角谷から？」

　声のトーンが上がったので、佳子が驚いてこちらをふりむいた。

　大丈夫だというふうに、智司が妻に向かって顔を横にふる。

「角谷がどうかしましたか？」改めて智司が声をひそめて訊いてくる。

「今年度いっぱいで退職されると伺いましたが、いかがですか？」

　智司は眉《まゆ》のあたりを曇らせた。怪訝《けげん》そうな顔で佳子がこちらを見つめている。

「どこでそんな話を聞いたの？」

「どなたというわけではないのですが、やめてもらう流れになっている、と。それがほんとだとすると角谷さんの側にも言い分があるのではないかと思いまして」

「言い分？」

「たとえば早期退職についての金銭的な補償を求めてくるとか」柴崎は声を絞った。「昨日、銀行で五百万円を下ろされたと聞いたものですから」

智司の顔に不意打ちを食ったような色が浮かんだ。

「……それは、色々あるんですよ」すぐその動揺は引っ込み、憮然《ぶぜん》とした表情で智司は続ける。「うちは不動産関係もやってるでしょう。現金でないと成立しない取引だってありますから」

「そうですか……」柴崎はしばらく考えた。「土地取引に充《あ》てられるのでしょうか？」

「そんなところです。しかし誰だか知らんけど、無責任なこと言ってくれるなあ」

商取引ならば、会社の口座から引き出すべきだろうが、なぜかそうはしなかった。

「ちょっと失礼」

智司は不安げな面持ちでいる妻の元に戻り、柴崎との会話を説明しだした。

これ以上訊いても求める答えは返ってこないだろう。

「こんなときに申し訳ありませんでした」柴崎は智司に謝った。「何か困ったことが起きましたらいつでもご相談ください」

「あ、そう、うん、お願いしますね、こんなときだから」

調子よさげに返されたので、見守っていた高野とともに特殊班の捜査員がいるテーブルに向かった。

懐《ふところ》のスマホが震えて着信を示した。助川からだ。

オンボタンを押し壁と向き合う。

「まだ工務店にいるか？」

「います」

「近くにご両親は？」助川の低い声が重大事の出来《しゅったい》を窺わせる。

高野に目配せして、ともに二階に下りる。

「未希ちゃんの遺体が見つかった」助川が静かに告げた。「柏市にある私立高校裏の雑木林で」

足元がぐらりと揺れた。

事件の当事者の自宅にいることも忘れて、馬鹿《ばか》な、と口にしていた。

見つかった？

ほんとうなのか。

はっとしてまわりを振り返る。関係者はいない。

発見地の住所が淡々と述べられる。

それに反して内耳に心臓の動悸《どうき》が迫ってくる。

必死で住所を反芻《はんすう》する。

柏インターチェンジに近い、と助川の口から洩れて、ふたたび拍動が高まった。

橋本玲奈ちゃんの遺体発見現場の近くではないのか。喉《のど》がふさがり、言葉が出てこない。高野にも聞こえたらしく、雷に打たれたように目を大きく見開いている。

「い、いつですか？」

どうにか、それだけを口にした。

「たったいま連絡が入った。現地に大貫が向かっている」

「確かなんですね？」

「土中から掘り起こした。写真と同じ顔をしている。着衣も失踪《しっそう》時のものと同じだし。見間違えようがない」

「土の中から……」

「一メートルほどのところから。そっちにいる特殊班にはまだ伝えていないそうだ」

「水口の犯行？」

「やつの犯行だ。前歯が一本欠けている」

「右上の側切歯？」

「そこだ、そこ」

やはりそうだったのか。最初から、あの男以外にホシなど存在しえなかったのだ。

「わかりました。どうすればいいですか？」

「ご両親に遺体発見の報を伝えろ」

思わず「わたしがですか？」と問い返す。

「ほかにいないだろ。すぐやれ。こっちから迎えの車を出すから、ご両親をお連れしろ」

矢継ぎ早の指示に思考が追いつかない。

「現場《げんじょう》にですか？」

もう間もなく夜になるというのに。

「署にだ。あとは一課が対応する」

「そうですか、了解……」

あっという間に電話は切れた。

水口について、現時点でどの程度まで教えてよいのか。前歯が一本欠けていることも伝えてよいのか。いや、自分の口からは言えない。じっさいに捜査にたずさわっている一課の者の口から伝えさせるしかない。詳細を訊かれても、情報など持ちあわせていないのだ。

しかし、何というタイミングの悪さなのか。凍りついたように立ちつくす高野に詳細を伝える。

ひたすら気が重かった。刑事でもない自分が肉親に最悪の知らせを伝えるなど、あり得ない話だと思った。しかも殺人の線が濃厚なのだ。まるでこのときのために助川から送り込まれたような気さえしてきた。

こんなとき、どう切り出せばよいのか。刑事ならどう報告する？　とにかく、事実のみを手短に語るべきだ。よけいなことはいっさい口にしない。

智司はともあれ、佳子はどうだろう。いきなり告げたら、ショックで倒れてしまいかねない。焼けつくような思いを抱きながら高野に先立って一歩一歩三階に上がった。

重大事の発生に勘づいたらしく、テーブルにいる特殊班のふたりがこちらをまじまじと見つめてくる。交渉役の落合に額を近づけ、二階で待っているので、笠原智司に降りてきてもらうように依頼する。

落合は無言でうなずき、席を立って智司に歩み寄る。

階段を下りて、待機していると、智司がやって来た。何かを悟ったような表情で柴崎を凝視している。

「未希さんのご遺体が見つかりました」

それだけ言うのがやっとだった。

智司が両腕を広げる。

「ほんとうなの？」

「残念ながら……」

目を合わせられない。

「前置きはいいからさ、あなた」思いのほかきつい調子で智司は言った。「事実だけを教えてくださいよ。どこで見つかったって？」

柏市の住所を口にした。

「柏でー」

独特の鼻声で語尾を長く延ばし、両腕を静かに下ろしてゆく。

声をかけようにも言葉が浮かばない。

「あの……大丈夫ですか？」

高野が智司の背中に手をあてがう。

「いいから、いいから。ああ、そう、柏で」指を唇にあてがい、みずからに言い聞かせるように続ける。「うん、わかった。わかりました。お母さんに知らせてくるから」

何かを必死でこらえるように顔をひきつらせ、階段を上ってゆく後ろ姿を見守る。

しばらくして、佳子の絶叫が聞こえた。

耳を覆《おお》いたくなった。

13

「見つかったのは、このどん詰まりです」

大貫警部がこみ上げる興奮を抑えるように、地図上の一点を指しながら言った。

捜査一課にあてがわれた二階の小会議室に関係者が着席している。

常磐自動車道の柏インターチェンジ西二百メートルにある私立高校裏手の丘陵地だ。校舎の西側に併設された野球場の側《そば》に五百メートル四方の雑木林があり、野球場に沿って南北に狭い道がはしる。その中ほどから、西に向かってさらに細い道が三百メートルほど伸びている。大貫が示しているのは、その道の奥まったあたりだ。

国道十六号線をはさんで、その北一キロほどのところには橋本玲奈の遺体が埋められていた雑木林がある。

「このあたりは舗装されていません」大貫がせかせかした口調で地図を叩きながら言

う。「自動車が一台ようやく通れるかどうかの道で枯れ葉が積もっているようです」

「車で遺体を運んだのですね？」

坂元が訊いた。ノートにメモを取っている。

「おそらく。うちの警察犬の鼻がききましたよ。ちょっと道から林の中に入ったあたりに未希ちゃんの靴下がありましたから。天祐《てんゆう》にほかならない」

「靴下は埋め忘れたのかしら」

怪訝そうな顔で訊いた。

「土で真っ黒になっていたそうです。水口は非常にあわてていたんですよ」

「絞殺らしいと聞きましたけど」

「間違いないということです。局部は傷つけられていないという報告が上がっています」

「玲奈ちゃんのときは局部が傷つけられていたよな？」

助川が割り込む。

「ええ、ひどく。いずれにしても、今夜じゅうに司法解剖の結果が出ますから」

遺体は道から五メートルほど奥に入ったコナラの木の根元で見つかった。一メートルほど掘られた土中に、仰向《あおむ》けの状態で服を着たまま横たえられていた。

すでに板橋区にある大学病院に運び込まれ、両親の了解を得て司法解剖に付されている。遺体を見た捜査員によれば、首に紐《ひも》で絞めたらしいアザがくっきり残っていたというのだ。

「凶器の紐は見つかったの?」

「そちらはまだです」

「早く見つかるといいけど」坂元が耳元に降りかかる髪を手でよけながら言った。

「証言を得たのはどの家になりますか?」

大貫は雑木林の西側にある建物を指した。特別養護老人ホームのようだ。

「十二日、午前零時ごろ、夜間見回りをしていた施設の職員が、雑木林の中でぼおっと光ったマグライトらしきものを目撃しています。ちょうど埋められていたあたりで。それから」と野球場から二百メートルほど南にある住宅街の一角を指す。「この吉田家のご主人です。同じ日の午前一時半ころ、近所の友人宅へ飲みに行った帰りに、林の奥から白っぽい軽ワゴン車が猛スピードで走り出てきたのに出くわしました」

「水口が乗り回していたクルマと同一のものですか?」

「水口が乗っている会社のクルマと同色、同車種だと思われます」

しかしまだ確定はできていないのだ。

「わかりました」坂元は無念を滲《にじ》ませながらも、とりあえずはひと区切りついたような表情で続ける。「遺体発見現場から水口につながる証拠物件は見つかりそうですか？」

「いえ、いまのところは。暗くなってしまいましたし、明日の捜索待ちになります」

「山狩りしないといけなさそうですね」

「機動隊を手配しました」

「千葉県警には？」

「通報済みです。応援は要りません」

警視庁が遺体を見つけた以上、千葉県警は口出しできない。遠巻きに推移を見守るのみだ。橋本玲奈死体遺棄事件について県警は捜査を再開するだろうが、身柄の引き渡しはずっと先になる。

「マスコミが騒ぎ出すな」助川が口をはさんだ。「どうするんだ？　水口の名前をアナウンスするのか」

「まだまだ、そこまでは。歯の欠損の発表も控えます」

玲奈ちゃん殺人事件のときも発表していなかったのだ。

それでも大貫の表情は自信に満ちている。

改めて地図に目をやる。笠原未希の遺体が見つかった地点は、国道十六号をはさんで、橋本玲奈の遺体が埋められていた場所と至近距離にある。水口の実家は玲奈の死体遺棄現場から東に一キロほどのところだ。

どちらにしてもマスコミは五年前の玲奈ちゃん事件と関連づけて考えるに違いない。そして、未希ちゃんを殺したのは玲奈ちゃんを手にかけた犯人と同一人物であると報道するだろう。つきつめれば水口文彦による犯行しかあり得ないのだと。

「記者連中はあっという間に水口と結びつけるぞ」

「覚悟しています。いまのアパートを割り出すでしょう」

「支援者が騒ぎ出すな」

「ええ、水口のガードにかかるはずです」

「先手を打たれないようにしろ」

「心得ています。早急に対処しますから」

早い時期に別件で身柄を確保する腹づもりのようだ。

そのとき電話が鳴り、一課の捜査員が取った。署長さんに電話が入っていますと受話器を坂元に渡す。

電話に出た坂元は、その場で背筋を伸ばした。

「……ああ、部長……はい、はい……承知しました。……では……そういうことで」

一分とかからず通話を終えると、振り向いた。

「本部の刑事部長からです」緊張した面持ちで坂元は言った。「明日、うちの署に刑事部長指揮の捜査本部を設置するようにとのご命令です」

助川が立ち上がり、「水口を任意で引致《いんち》しますか?」と訊いた。

「きょう明日にも、逮捕ということになりそうです」坂元が答える。

忙しくなるなと柴崎は思った。まずは講堂を確保しなければいけない。机と椅子《いす》を用意し警察電話を複数引き込み、カラーコピー機を搬入。道場には帰宅できない捜査員の数だけ布団《ふとん》を用意しなくてはいけない。捜査一課のみならず、近隣の所轄署《しょかつしょ》から動員される者もいる。それ以上に厄介なのは食事の世話だ。

この小会議室は用済みになる。今度こそ捜査一課から第二係が送り込まれて、采配《さいはい》をふるうだろう。綾瀬署としても応援要員を送り出さなければならない。

明朝は行方不明女児の遺体発見のニュースでもちきりになる。水口はどう出るだろうか。一課がアパートを厳重に張り込んでいるはずで、もし高飛びしようとすれば即刻任意で引っ張られるだろう。このときのために、他の容疑も用意しており、別件逮捕に踏み切るに違いない。同時に家宅捜索がはじまる。犯行の裏付けとなる証拠がすぐに出てくればいいのだが。

笠原家を思い起こした。つい三時間前に耳にした佳子の絶叫が耳について離れない。悲しみを必死でこらえつつ、妻を介抱する智司の様子が目に浮かぶ。やりきれないこと、この上ない。

これまでの経過からして、遺族を慰撫《いぶ》する役目が自分に回ってくる可能性は大きかった。単純な殺人事件ではない。即座に連日トップニュースで扱われる大事件に発展する。詮索《せんさく》好きなメディアから家族を守る術《すべ》も講じる必要が出てくる。

しばらくは、自分の仕事をこなしつつ、きめ細やかに対応してゆくしかないだろう。大きくなるばかりの不安を抱きながら、柴崎は署長の指示を待った。

14

翌日の夕刻。

工務店三階のリビングには祭壇が設けられ、小さな棺《ひつぎ》が置かれていた。弔問客が朝から引きも切らない。柴崎は礼服に身を包み、親族席の端から様子を見守っていた。同様にワンピースの喪服に身を包んだ高野は、遺族以上に憔悴《しょうすい》しきった表情で柴崎のうしろに座っている。

八日ぶりに帰ってきた未希の遺体は、土中に収まっていたせいもあって、思っていたよりも保存状況がよかった。司法解剖の結果は、死後、六日から八日のあいだとなっている。きれいに土をぬぐい取られた顔は生前の無邪気な面影を残していた。

母佳子の従兄弟《いとこ》だという五十すぎの男が棺を覗《のぞ》き込み、肩をふるわせて嗚咽《おえつ》しだした。悲しみはその場の人々にも伝わり、そこかしこですすり泣く声がする。

「……なんで、なんでだ」男は棺にすがりつきながら声を震わせた。「あんな男に殺されたってぇ——可哀想《かわいそう》すぎるよ、な、佳子」

未希の母親を肩越しに見ながら男は続けた。

水口について言及しているのは明らかだ。すでに両親には、昨日の時点で水口に関わる客観的な事実が告げられている。その直後から彼による犯行をほのめかす報道が続き、今朝になって、水口が犯人であることが決定したかのようなニュースが大々的に流れているのだ。

なだめるようにして、その息子らしい二十代の男が棺の前から男を笠原夫婦の横に移動させる。

「な、智司さん、何てことになっちまったんだよ、え、ほんとに」

従兄弟は興奮が収まらないようだった。

「早いとこ、変態野郎を捕まえてもらえよ、なあ、智司さん」

智司はかしこまったまま、歯を食いしばるように何度もうなずく。

「そうお願いしているんだよ」智司がようやく口を開いたので、柴崎は身を固くした。

「その件なんだけどさ、前から近くに住んでるのは、わかってたらしくてね」智司はしっかりした声で返し、男の手を強く握る。「もっと早く捕まえてくれてりゃ、こんなことにはならなかったと思うんだよ」

こらえていた佳子が前屈《まえかが》みになり、わっと泣き出した。

男が智司の肩を叩《たた》き、「そうだよ、そうなんだよ。警察が千葉の事件のときに捕まえてりゃ、未希は死ななくてすんだんだ」と声をかける。「あんなやつ、とっとと死刑にしときゃよかったんだよ、な」

うんうんと肩でうなずきながら、智司は充血した目を柴崎に向ける。

毒でも注射されたような陰気な顔色で、思わず目をそらした。

後方の高野も、床に手をついてうなだれている。

この場から即刻立ち去りたかったが逃げ出すわけにはいかない。

ことここに及んでは確たる証拠を押さえ、水口を一日でも早く逮捕すべきだ。そう答えるしかないがとても口にできる状況ではなかった。

興奮が静まるにつれ、また深々とした悲しみの空気に覆われてゆくリビングであった。従業員を代表するように角谷が鎮座し、将太の姿はやはり見えなかった。

針のむしろに座っているようなあんばいで小一時間をやりすごした。それでも、白い棺を見ていると、ひとつの山を越えたような感慨が湧《わ》いてきた。

特別捜査本部の設置は完了し、捜査員らはそれぞれの持ち場で活動している。悲しみに打ちひしがれている笠原家を見守る役目はこれから先、主に親戚《しんせき》筋に委《ゆだ》ねればよいだろう。

喪服姿の男女がひとりまたひとりと焼香に訪れては帰ってゆく。焼香客がいったん途絶えた。柴崎は笠原夫婦のうしろに回り、慰めの言葉をかける。

智司は改めて押し殺すようにつぶやいた。「あのね、うちとしての願いは一刻も早く水口を捕まえてもらいたい。それだけです」

率直に言われて、かえって肩の荷が下りた。

「お気持ちは理解しているつもりです」柴崎は答えた。「ご無念を晴らすべく、死力を尽くして捜査に邁進《まいしん》しております」

薄く化粧を施した高野が張りつめた表情で、お辞儀をする。

「なら、いいのですが……」

悲劇を独りで背負ったような深く沈んだ顔色を見せつけられ、これ以上、正対しているのに忍びず、高野に声をかけ深々と頭を下げて退いた。

一言も発しない高野とともに一階に下りて事務所に入った。

焼香をすませた従業員たちが思い思いの場所で、ひそひそと話し込んでいる。緊急の用件以外はきょう一日、仕事は休んでいる。事務員の吉川と堀田が沈痛な面持ちで向かい合って座っている。顔見知りになった従業員たちに頭を下げながら、外の様子を窺《うかが》った。

綾瀬署署員が工務店前の道路の両側を警備しているので、マスコミは遠ざかっているようだ。

高野が従業員たちから離れ、打ちひしがれた様子で柴崎に視線を送った。「あの……このあとも残っていたほうがいいでしょうか？」

「そうしてくれるか」

憂うつそうに顔をしかめる。

「代理は……帰られるんですよね？」

「ここにいてやりたいが、特本の世話をしなきゃならん」柴崎は外を眺めながら言った。

「わたしひとりでは……」

思いつめたようにつぶやく。

「弱気になるな」

柴崎は低い声で応じた。

これ以上つるし上げられるような展開にはならないと思われた。怒りを高野ひとりに向けることもないだろう。

それでも高野は不安げに、

「ご両親が少し落ち着かれたら署に戻っても構いませんか？」

「そうだな。まかせる」

「いいんですね？」

「何度も言わせるなよ」その耳元に囁《ささや》きかける。「今夜は精進落としだ」

険しかった眉が少し開いた。

世間の反響は大きいにせよ、すでに九割方、片がついた事件だ。自分にしろ高野にしろ、本務はいくらでも控えている。このまま笠原家の面倒見だけを続けるわけにはいかない。

高野はふと思いついたように、「特本の捜査会議がありますよ」とつぶやいた。

「おまえ、呼ばれているか？」

「いえ、代理は？」

「捜査員じゃないんだぞ、おれは」

「では、のちほど」

ようやく踏ん切りがついたみたいに高野は事務所をふりかえった。

その横顔からは昨日までの極度の緊張感は窺えなかった。きょうさえ乗り越えればどうにかなるという安堵《あんど》が少し滲《にじ》んでいる。

15

寄せ豆腐をつつきながら、高野は盃《さかずき》を口に運ぶ。柴崎も生麩《なまふ》の磯辺《いそべ》焼きをかみ切った。まだ暖かみが残り海苔《のり》の風味も効いている。

銚子《ちょうし》が二本空いたところに湯波《ゆば》しゃぶの鍋《なべ》が運ばれてきた。さっそく高野がすくい上げて、ほおばった。

「おいしい」

食べきると人心地がついたように言った。

柴崎も湯波を口に含んだ。舌の上に乗せるとすっと溶けて、上品な甘みが広がる。

北千住《きたせんじゅ》駅前、宿場町通りにある豆腐料理店だ。さすがにきょうは羽目を外すわけにはいかず、日本料理を選んだのだ。値段もそこそこで、希望すれば半個室を使わせてくれる。貼《は》り替えたばかりの障子が清々《すがすが》しい。

「残念な結果に終わったが、やれることはやった。さあ」

柴崎は高野の盃に燗酒《かんざけ》をついだ。

「ありがとうございます」

飲み干すと、肩の荷を下ろしたという気配で息をついた。

「ご苦労さん」

「あ、いえ」

替わって柴崎の盃を満たした。

「未希ちゃんの事件は担当にまかせるとして、明日からは自分の仕事に精を出してくれよ」

「そうします」

忘れ物を思い出したような目で、お手ふきに視線を落としている。

「どうした、何が気になる？」

初動から関わった事件が最悪の結末を迎えたのだ。無理もない。

「わたし、きょうの午後、智司さんに水口はどうなっているんですかと訊《き》かれちゃって」と意外な言葉を高野は口にした。

「ほう。なんて答えた？」

「そちらの担当ではないですけど逐一報告しますって。つい口を滑らせちゃって」

「言ったんだったら、約束は守れよな」

柴崎は冗談めかした口調で言った。

「頼りない部下には荷が重すぎませんか？　代理にも同行していただきますからね」

高野は少し茶目っ気をまじえて言う。

「そうなったらな」

適当に調子を合わせる。

湯波を食べ終わったところで、高野はしみじみと、「本当に、残念な結果でしたね」とつぶやいた。「未希ちゃん、恐《こわ》かっただろうなあ」

「ああ」

柴崎も盃を手にしたまましんみりと答える。

しかし、この冬場だ。行方不明になって二日、三日とすぎるうちに、こうした結末を迎えるのではないかと案じていたのは事実だった。

「犯人が水口だとしたら、玲奈ちゃんのときのように、どうして最後の最後まで、犯行をやり遂げなかったんでしょう？」

「大事なところに傷がついていなかったことか」

「ええ」

「相手次第じゃないか。玲奈ちゃんのときは抵抗が少なかったのかもしれないし」

司法解剖の結果、死因は窒息死だった。犯人に抵抗したらしく、全身に擦過傷が見られたものの、局部に一切傷はなかった。

「想像しただけで、ゾッとします」高野は言った。「水口は女の子を裸にしてあちこち触ったあげくに、抵抗されたんで首を絞めたのかな」

性的なイタズラを企図して水口は未希を襲った。しかし想像以上に騒がれたので上から押さえつけ、爪《つめ》などもかかり擦過傷がついた。抵抗がさらに大きくなったため、首を絞めたのだろう。息が止まって、水口はそれ以上の陵辱《りょうじょく》をあきらめ、服を着せ直したに違いない。

「でも、わざわざ遠くにまで遺体を運んだりするでしょうか？」

ふたたび高野は疑問を口にした。

「自分のテリトリーだったからだろ」

「もっと近場でもいいような気がするんですけど」高野は茶碗蒸《ちやわんむ》しのふたを開けて匙《さじ》を差し込んだ。「うちの課長はちょっと違う感想でしたよ」

「浅井さんが？　どんな？」

「イタズラ目的にしては擦過傷の数が多すぎるんじゃないか」高野は続ける。「少年同士のケンカみたいな印象も受けるなって」

「水口と未希ちゃんじゃ、はなから勝負にならんぞ」

「そうですよね。それを聞いてわたしも、どんな目的であれ、大人だったら一気に片をつけちゃうんだろうなって思ったんですよ」

「あんなに擦過傷を負わないと？」

「はい」高野はスプーンで中身をすくい、口に入れた。「それでちょっと、思いついたことがありまして」

高野は首を傾《かし》げながら柴崎を見ている。「将太くんのことを考えてしまったんです」

「お兄ちゃんのこと？」

未希が行方不明になった直後から様子がおかしかったのを思い出した。将太自身というより、両親の態度が、だが。高野にしろ、特殊班の捜査員にしろ、将太からはほとんど話を得られなかったはずだ。そして、将太はとうとう丸一週間学校に行かなかった。

将太が犯人だと思うのかと口に出しそうになったのを、かろうじてこらえた。いくらなんでも、二歳年上の兄がイタズラをするために妹を手にかけるなど、あり得ない。しかし、と思った。将太をガードする両親の様子は明らかに不自然だった。それに将太は学校でも女の子の体にしきりと興味を示している。かりに彼が犯人だったとして、それを両親が知っていたとしたら、あの態度には頷《うなず》けなくもない。へたに警官と話してボロが出てしまうのを恐れて将太を閉じ込めた……。

いや、それはないだろう。どう考えても理屈に合わない。

「まあ、考えにくいな」

「そうかなあ……。代理は守口生田《もりぐちいくた》事件を思い出されませんでしたか？」

「そっちか……」

その話は中道からも聞いていた。

十年前、神戸の生田で発生した女児誘拐殺人事件については、その四年前に大阪の守口市で起きた事件との関連性が問われた。

守口市で天ぷら料理店を営む夫婦の長女の行方が下校中にわからなくなり、一週間後に絞殺体《こうさつたい》で見つかった。犯行現場付近で怪しい男が防犯カメラに映っており、ひと月後にそれと似た男が傷害容疑で逮捕された。三十八歳になるリサイクルショップ勤務の丸山丈宏《まるやまたけひろ》という男で、女児に対する強制わいせつの前科があった。

最終的に証拠不十分で釈放されたが、四年後生田事件が起こると、丸山はまた関与を疑われ、警察庁指定第百二十三号事件と認定された。「大阪神戸連続女児誘拐殺人事件」という名称で兵庫県警と大阪府警による合同捜査本部が立ち上げられたものの、証拠不十分で丸山の逮捕にはいたらず、生田の事件も迷宮入りになった。

「課内では、今回とそっくりだってみんな、言ってますよ」高野はタコの酢の物を箸《はし》で突《つつ》く。「あのときだって、もう少し早めにふたつの県警が連携し合っていれば、丸山を追い込めたんじゃないかなって思うんですけど」

「わかったようなことを言うもんじゃないよ」

「そうですね、すみませんでした」

高野は思い出したように続ける。「きょう、堀田さん、焼香に見えなかったな」

「おれたちが行くより先に焼香をすませていたんじゃないか」

「……じつは彼女、社長の智司さんと最近までつきあっていたみたいで」

思わず言葉を呑《の》み込んで高野を凝視する。

聞き捨てならなかった。

「不倫していたのか？」

「ええ。奥さんに知られるのを恐れて、半年前に住宅展示場のほうに勤務先を変えたみたいです」高野はおずおずと答えた。「池谷さんが帰ってくるまでのあいだだけ、本店にいるらしいですが」

「堀田は若いよな。何歳になる？」

「二十四歳です」

「もう関係は切れているんだろ？」

「たぶん」

「ばれてなくて、なによりか。それにしてもよく気づいたな」

高野は目を伏せつつ、盃に口をつける。

「堀田さんが不在のときに、吉川さんからこっそり聞いてしまって」

隣り合った席にいたのだから気づいていてもおかしくはない。

「ほかに知っている従業員もいるんじゃないか？」

「会社ではスマホを使わないとか、極力、人目につかないように心がけていたんだと思いますよ。堀田さんて、都の建設業協会の斡旋《あっせん》でいまの会社に入ったみたいです」

「ほう」

「ちょうど、事務員の募集をかけていたんだそうです。仕事はてきぱきしていて、ミスもほとんどなかったようですね」

「あそこに勤めだして三年目か？」

「それくらいだと思います。わたし、最初の捜索リストに堀田さんの住まいが載っていなかったのに気がついて、ここに来る前、堀田さんのお宅に行ってみたんですよ」

「どこだ？」

「綾瀬七丁目の泉コーポというマンションです。未希ちゃんの足でも十分徒歩圏ですね」

「それはご苦労さんだったな」

聞いていてありがちなことに思え、やや冷めてきた。

「吉川さんの話だと、堀田さんて、都内の商学系短期大学を卒業してから実家を出て、しばらく梅島でアルバイトをしていたそうなんですけどね。近くに建設業協会の支部があって、そこで正社員の募集を知ったとか。実家は草加市の中華料理店みたいですが、ほとんど帰っていないそうです」

堀田の経歴は今回の事件とは関係なかろう。

「こんなときだから、もと不倫相手の詮索はそれくらいにしとけよ」

土瓶蒸しに口をつける。

「そうですね」決まり悪そうな顔で言う。「捜査はこれからですけど、水口による犯行の線は動かせないですよね」

「兄の線はないよ」

「そうですか。だったら、別件でも何でもいいから、さっさと逮捕して落とせばいいのに」

「玲奈ちゃん事件の前例がある。千葉県警の二の舞は御免被《ごめんこうむ》りたいんだろう」

「そうか……」

高野はお酒を追加しますと障子を開けて仲居に告げ、席に戻った。改めて料理を眺め、鶏《とり》の竜田揚げを口に持ってゆく。

「あとは捜一にまかせておけばいい。おれたちの出番はすんだ」

銚子に残った酒を高野の盃に満たす。

「この八日間、休みなしでよく辛い任務を全うしたな。文句も言わずによくやったと署長もおっしゃってたぞ」

さほど心を動かされたようには見えない。

「どうした？」

「悪い気分はしませんよ」高野は盃を置く。「でも、やっぱり署長は私に厳しいですから」

「そう言うなって。向こうは数少ない女性キャリアなんだし、それなりの苦労はしているぞ」

「それはわかりますよ。注目の的になっていますし、そのぶん成果も上げなければいけないでしょうから」言い終えると、ゆっくり盃を空ける。

所轄署長として管内の治安維持に当たるほかに、ふだんから坂元は女性の登用を訴え、女性管理職を招いて部内講演を行ったりもしている。同性の部下から見れば、そのあたりが、かえってうっとうしく見えるのかもしれない。

「最初はちょっと迂闊《うかつ》な部下だと思われていたかもしれんが、高野に対する評価は日に日に上がっているぞ」

柴崎は言った。

警察手帳を掏《す》られたときのことを思い出したらしく、ばつが悪そうにうなずいた。

「……そうですね、もっと頑張らないといけないですよね」

「その調子、その調子」

酒をすすめるが、高野本来の明るさは戻らない。

尋ねてみると「将太くんは別にしても、角谷さんの件が引っかかっているんです」とつけ足した。どう思いますかという顔で見つめてくる。

「まだ智司さんが引き出した五百万が角谷の元に渡ったと思っているのか？」

「それはわかりませんよ。智司さんは認めなかったし。この一週間、智司さんと角谷さんを見てきたんですけど、ふたりのあいだには、やっぱりわだかまりがあるような気がしてならなくて」

「事件とは別の次元で、角を突き合わせているんだ。智司さんにしたって、角谷の言う通りにしていたら、会社を維持できない」

「その対価としての五百万円ですか。ちょっと安すぎませんか？」

高野に引く様子はなかった。

「五百万で十分じゃないか。それ以上求めたいなら、裁判でも起こして争えばいい」

民事になれば警察は介入できない。

高野は首を横にふった。「あの五百万、ひょっとしたら口止め料だったりしないでしょうか……かりにですよ、将太くんが妹を手にかけて殺していたとしたら、両親はどう動くでしょうか？」

　またその話を蒸し返すのかと思った。

「かりにそうだとしたら、警察の目に触れないようにするだろうな」

　茶そばを手に取る。温かいうちにおまえもと声をかけたが応じない。

「そして、もしその事実を角谷が知っているとしたらどうですか？」

　箸を置いた。「角谷さんがそれをネタにご両親を強請《ゆす》っているといいたいのか？」

　気になっていたことを吐きだしたらしい高野が柴崎の目を覗き込む。

「さっき堀田さんが住んでいたマンションを見に行ったとき、ちょっと思ったんです。ひょっとしたらまだ関係は続いているんじゃないかって」

「高野、自分が何を言っているかわかっているのか」柴崎は言った。「それを角谷が知っていて強請のネタにしていたとすれば、立派な恐喝行為になるんだぞ」

　高野はこっくりとうなずいた。「一度、角谷さんからしっかり話を聞きたいと思っているんです……」

「いまさらどうだろうな。時期が時期だし」

　たとえ角谷に当てたとして、正直に答えるかどうかはわからない。十中八九、はぐらかすだろう。

「……すみません。ちょっと酔いが回ってきたみたいで」

未希がいなくなった晩、佳子はすぐ角谷に相談をもちかけた。角谷は角谷で冷静に判断して、まず将太に尋ねてみたのではないか。だとしたら、将太は何を語ったのか？

柴崎は自分の思いを口にしてみた。将太が妹を手にかけたと本当に思うのか、と。

わかりませんと高野はつぶやき、ようやく器に手をかけた。

いや、考えすぎだと思った。

犯人は水口以外に考えられない。捜査一課にまかせておけば早晩事件の真相が明らかになるだろう。事件はもう自分たちの手から離れたのだ。あれこれ思い悩む必要はない。そう思うと気分はいくらか軽くなった。

16

日曜日午後五時。署長室は十五人ほどの記者で満員だった。ソファは片づけられ、パイプ椅子が三列に並んでいる。

助川とふたりでその前の長机に座っている坂元が、強制わいせつ容疑で本日午後一時五分、水口文彦三十三歳を通常逮捕しました、と口にすると、最前列の記者が所属と氏名を名乗り、さっそく質問を発した。

「強制わいせつ容疑ということですが、具体的にはどのような行為をしたんですか？」

「ふた月前の十一月五日土曜日、午前十時ごろ、東綾瀬公園の冒険コーナーで遊んでいた六歳の女児の体を触り、そのあとスマートフォンで撮影した容疑です」

あらかじめ用意されたメモを坂元は硬い表情で読み上げる。

「その画像は残っているんですか？」

二列目の端に座っている記者が声を上げる。

「スマートフォンを確認したところ、残っております」

「ほかに画像は見つかっているんですか？」

「それについてはお答えできません」

「公園で体を触ったということですが、目撃者はいるのですか？」

「えー、そちらについては」助川が代わって答える。「当日、ノルディックウォーキングの講習会が行われていて、ちょうど通りかかった参加者がふたり、目撃しています」こちらもふだんとは違ってどことなく冴《さ》えない表情だ。

記者たちとの距離は二メートルあるかないか。

別の記者が挙手する。「水口は容疑を認めていますか？」

「体を触った件については認めていませんが、撮影は認めています」

助川が記者たちの顔を見たまま、てきぱきと答える。

「綾瀬在住の笠原未希殺人事件について」待ちかねたように、ほかの記者が発言した。

「水口は関与を認めましたか？」

いきなり核心を突いた質問が出て会見場が静まり、記者たちの全視線が女性署長に集中した。

坂元が発言しようとしたが、助川が目配せしてやめさせ、代わりに自分で答えた。

「それについてはお答えを差し控えます」

「取り調べで、ぶつけてるんだよね？」

無遠慮な声が上がった。

「現在、強制わいせつ容疑の取り調べを行っている最中ですので、他の事件に関しては触れません」

「警察は当然、笠原未希殺人事件についても水口による犯行とみて捜査しているんですよね？」

「お答えできません」

「ひとつ、いいですか」最初に名乗りを上げた記者が言った。「先々週の週末、水口はどこにいたんです？」

「それについてもお答えできません」

複数の記者たちから不満が漏れた。

ガチャガチャと耳障《みみざわ》りな音を立てて、パイプ椅子が動く。

「五年前の玲奈ちゃん殺しでも水口が逮捕されて、当初は彼も容疑を認めていたじゃないですか」すっくと立ち上がったひとりの記者がたたみかけてくる。「その後否認に転じたわけだけど、その際の経緯を改めて説明してもらえませんか？」

「千葉県警の管轄になりますので差し控えさせていただきます」

顎《あご》を引き、硬い面持ちで坂元が言った。

「ちょっと待ってくださいよ」別の記者が声を張り上げた。「弁護士や支援者の尽力があって水口は釈放になったんですよね。警察はそのときの怨念《おんねん》で動いているんじゃないの？」

坂元が立ち上がって記者たちを睨《にら》みつけるように見渡した。「そのような感情によって警察が動くことはありえません。あくまで客観的な事実を積み重ねつつ捜査を続ける所存です」

「遺体は柏で見つかっているんですから、千葉県警と合同捜査本部を立ち上げるんじゃないですか？」

「いまのところそのような要請はしておりません」

坂元が即座に答えた。

「クルマを見かけた住民がいたおかげで遺体が見つかったわけですよね？　そのクルマに水口が乗っていた証拠はあるんですか？」

「捜査中ですのでお答えできません」

そう言い、腰を落ちつける。

しかし、追及の声はやまなかった。「五年前の事件のときの支援者が水口を雇用していると聞きましたが、その支援者は何か言っていますか？」

「それについても、お答えできません」

助川が質問を締めくくるようにぴしゃりと言った。

それでも記者会見はしばらく続き、終了したのは六時に近かった。

坂元から強制わいせつ容疑で水口を逮捕すると告げられたのは今朝出署してすぐだった。寝耳に水ではあったが、捜査一課の方針であるとも教えられて、うなずくしかなかった。取り調べには大貫が当たるという。

昨晩から、水口が住む都営アパート近くに取材陣が現れるようになり、一刻も早い身柄確保を迫られていたのだ。

テレビでは連日、遺体が見つかった柏市の雑木林で捜索活動を続ける機動隊員の姿が映し出され、笠原未希殺人事件の容疑者として、水口が綾瀬署に勾留《こうりゅう》されているとの報道もなされていた。

五年前の玲奈ちゃん殺人事件が再注目され、ワイドショーなどでは果たして当時の千葉県警の対応が正しかったのかという議論が交わされるようになった。かりに五年前の橋本玲奈殺害事件の犯人が水口であったとしたら、きちんと捜査を詰められなかった警察は非難を免れえない。それだけに警視庁としては当面は切り離しておきたい事案なのだ。

じっさい捜査一課の刑事たちは立件に向けて、猫の手も借りたいほどの忙しさで、いまのところ過去の殺人事件までカバーする余裕はない。

記者のいなくなった署長室で椅子を片づけながら、坂元が本部刑事部長に電話で報告するのを聞くともなく聞いていた。

「……はい、どうにか……え、でもやっぱり玲奈ちゃんの……はい、できればお願いしたいところですが……」

電話を置くと助川が刑事部長の様子を訊《き》いた。

「全力で笠原未希の事件の裏を取れと、その一点張りでした」坂元は言った。

「そうでしょう」助川が言う。「とても玲奈ちゃん殺しまで手が回りませんよ」

「でも千葉県警にしたって、うちに地元を荒らされているわけでしょう？　何か言ってくればいいのに」

「それはないですよ。ようやく、玲奈ちゃん事件のほとぼりも冷めようっていうときに、今回の事件が起きたんですから」

「頬被《ほおかむ》りして嵐《あらし》が過ぎ去るのを待っているというわけね」

「ええ」

「代理」坂元は言った。「あなたはどう思いますか？」

「はい、今回の事件の裏を取ると同時に、玲奈ちゃん殺人事件については、きちんと再検証すべきだと思います」

「そうですよね。じっさいに捜査に当たった当時の捜査員から話を聞いておかないと」

「どうでしょう」助川が言った。「あっちはかなりずさんな捜査をしてきたみたいだし。そういうやつらと意見交換しても、うちが得するような話は出ないでしょう」

坂元はカチンときた様子で、「損得勘定で言っているのではありません。きちんとした立件に向けて、うちも千葉県警も、襟を正して過去の事件と向き合わなきゃいけないと思うんですよ」

「署長、ですからこの件については、連中はもう決して口を開きませんから」

助川は持ち前の頑固さを示した。

「それでいいんですか?」坂元が言う。「あちらにしても、水口による犯行の線は崩れていないのですよ。こんなことがいつまでも続くのはお互いのためによくありません」

いまだに警察庁による広域指定、準指定に未練を抱いているのだと柴崎は思った。しかも、現場の捜査員は互いに不信感を抱いたままでいる。このままでは、殺された玲奈ちゃんの霊は浮かばれまいと思ったが、解決策が思いつかなかった。

「笠原さんのお宅はどんな様子ですか?」坂元に訊かれた。

「明日の午後、ご自宅近くにあるセレモニーホールでお別れの会があります。同級生とその親たちが弔問に訪れると思います」

「マスコミが集まってくるから、警護をつけないといけないですね。副署長、お願いします」

「心得ました」

助川が力強く言った。

「代理、笠原ご夫妻はどうですか？」坂元が言った。「未希ちゃんが遺体で発見されて大きなショックを受けているのは承知していますけど」

「はい。無責任な噂や憶測も飛び交ってますし、ご夫妻をマスコミが放っておくはずはないですから」

「一課に笠原さんご一家をアシストする気持ちはあるの？」

「その余裕はないかもしれません」

「うーん、うちでやるしかないか」坂元はひとりごちるように言った。「とりあえず、高野さんに行ってもらおうかな」

「それがいいと思います」

柴崎は答えた。

役回りとして最適任なのは高野だろう。

「わかりました。この件が片づくまで、彼女を本務から外して専従させましょう」

「柴崎、特本のほうはどうだ？」助川に訊かれた。「警電が足りないと言っていたが」

「明日の朝一番で二回線増設します」

「頼んだぞ。ちょっと行って覗いといてくれや。ほかにいるものがあったら用意してやれ」

「わかりました」

予想以上に応援に入る捜査員の数は多く、署で常備している布団だけでは足りなくなった。先ほど、追加でレンタルの布団を手配したばかりだ。夜食の取り寄せもしておかなければ。当面は帰宅もままならない。幹部用宿直室でのごろ寝を覚悟した。

特別捜査本部が設けられた四階の講堂は人の出入りが激しい。入り口側に設置されたデスク席では、捜査一課八係の係員が外回りから帰ってきた本部員たちの報告を受けており、その奥では十名ほどが家宅捜索や現場で集められた証拠物件の振り分けに取りかかっていた。幹部たちも額を寄せての話し合いに余念がない。

その輪の中にいる大貫係長が柴崎に気づいて席を離れ、歩み寄ってきた。ご要望はないですかと尋ねてみる。

「そうだな」大貫は張りつめた表情で言った。「もうちょっと、そちらの署員を増員してもらえると助かるんだけどね」

隣接する西新井署と竹の塚署から七名前後の応援を仰いだ。綾瀬署としても刑事課をはじめとして、各課から総勢二十名近い応援を送り込み、特捜本部は総勢五十名態勢となっているのだ。十分ではないかと思った。

「署長に伝えておきますので」とだけ返した。

「都営アパートの警備も増員してくれんか? ハゲタカどもがあちこちで取材に入ってるし」

「心得ました」柴崎は言った。その程度の協力なら行わざるをえないだろう。「水口の部屋から何か見つかりましたか?」

大貫は浮かない顔をした。

「あっさりしたもんだ」

笠原未希の体液や毛髪などの決定的な証拠物件は見つからなかったのだろう。

「写真はどうですか?」

明後日の午前中には強制わいせつ容疑で身柄を検察に送致しなければならない。そのための証拠集めが何よりも優先される。

「何枚か、やつのパソコンに残ってるよ」

「少ないですね」

「精査すればもっと出てくるさ。マル害の事情聴取はすんでいるし、十分だ。それに」と大貫は続ける。「きょうからは堂々と捜査員に水口の写真を持たせることができる。明日以降、どんどん新しい証言が飛び込んでくるぞ」

先々週金曜日の午後、水口と未希ちゃんを共に目撃したという証言を捜査本部一同は心待ちにしているのだ。未希の周辺に水口のクルマが出没していたとの情報なども欲しい。

「日曜の夜から月曜の早朝にかけて、水口が柏からクルマで帰ってきたという件の裏は取れましたか？」

「Nか？」

「ええ。あとはガソリンスタンドの防犯カメラとか」

金曜夕刻に水口が乗ったクルマが柏に出向いた記録は残っているが、東京に舞い戻ってきたルートは未《いま》だにわからずじまいなのだ。

「そっちまで手が回っていない」

「高速はどうですか？」

綾瀬署管内ならどこからでも、首都高速六号三郷線と常磐自動車道を使えば、三十分くらいで柏市に着ける。

「通っていない」大貫は言った。「代理、考えてもみてくれよ。そんな簡単に足がつくようなことをすると思うか？」

「まあ……そう簡単にはいかないでしょうが」柴崎は続ける。「支援者の太田垣氏の話は聞きました？」

「むろんだ。クルマを自由に使わせていたのを認めた。申し訳ありませんの一点張りだよ」苦笑いを浮かべた。「ろくでもない男に肩入れしすぎたんだ。もうやつには騙《だま》されんだろう」

太田垣が好意で貸していた社有車が犯行に使われた可能性がある。その一点だけでも警察に対して及び腰になるだろう。対マスコミについても同様ではないか。玲奈ちゃん事件の折は、水口とともにさんざん警察やマスコミを罵《ののし》ったのだ。

「太田垣氏が水口を支援するようになった経緯は訊きましたか？」

「昔から知ってるよ。同じ柏市の出身で、若いころ学生運動をかじっていてな」

「そうですか」

警察に対する反抗心から、水口の支援に回ったのだろう。

「ゴミ置き場で見つかったバッグの入手先は判明しましたか？」

「調べてるけど、量販品だよ。当たりおわるには相当時間がかかる。そんなことより、水口のやつ、あっさり否認しやがったぞ」

「えっ、もう当てたのですか？」

「そのために引っ張ってきたんだ」大貫は柴崎の肩にそっと手を置いた。「これからじっくりと化けの皮を剝《は》がしていくさ。長期戦になる。応援頼むぞ」

「弁護士はどうです？　また当時と同じメンバーが水口の弁護につくんですか？」

彼にはもともと強力な人権派弁護士と支援者がついているのだ。

「いや、今回はつかない。当番弁護士だ」

「どうして？」

これほどの重大事件にもかかわらず、もともとの弁護士が来ない？

「今回の件でやつは支援者の信頼を裏切った」大貫は言った。「火中の栗《くり》を拾うような奇特なセンセイは出てこんだろう」

国選弁護人では満足な弁護は期待できないかもしれない。

「当分、柏とここの往復になるな」大貫は言った。「犯行の動線を立証しなきゃならん」

「千葉県警にバックアップしてもらわなくてもいいのですか？」

その名前を出すと大貫は目を細めた。「連中に？　必要ないな」

千葉県警は遠巻きに黙って眺めているだけなのだろうか。

大貫の目の奥がいたずらっぽく光っている。

「五年前と今回は水口も違うぜ」

大貫は言った。

「どう違うんですか？」

「まあ、一足飛びにはいかんよ。ちょっとずつ突ついて、ぽろっと落ちるのを待つさ」

そう言うと、大貫は自信ありげにぽんと柴崎の肩を叩いて人の輪に戻っていった。

ふと壁際《かべぎわ》に見覚えのある段ボール箱が二箱、置かれているのが目に入った。

柏署が持ち込んだ証拠物件だ。上蓋《うわぶた》が閉じられたままで、中身が精査された様子はない。大貫に見せてもらえないかと頼むとあっさりＯＫが出た。ただし、捜査会議がはじまるまでだぞ、と言い添えて。

会議が開かれるのは八時すぎからだろう。まだ一時間以上ある。

柴崎は段ボール箱のうちのひとつをデスク席の端に運んで、中からファイルを取り出しめくりはじめた。コピーされた捜査報告書が続く。保管状態が悪かったのか、どれも黄ばんでいる。ふたつめのファイルにも同じような報告書が綴《と》じられてあった。

途中から、証拠物件についての報告書が増えてきた。玲奈ちゃんの着衣のうちのいくつかを写したカラー写真がアルバムに差し込まれている。

三つ目のファイルは聞き込みの報告書だった。巻末に資料編として当時の弁護士が作った独自の調査報告書が挟み込まれている。そのあとに水口の支援者の名前や写真、くわしい履歴などがあった。よほど、支援者に悩まされていたようだ。ファイルを閉じようとしたとき、ふと集合写真が目にとまった。事務所のようなところで二十名以上の支援者が一堂に会している。後列右から三人目の男の顔に釘付《くぎづ》けになった。

狭い額に細い目。ネイビースタイルのブレザーを羽織っている。髪の毛はいまよりもやや多めだ。にこりともせず、渋い顔を作っている。間違いなく、笠原智司その人だ。どうして、こんなところに……！

前後のページを確認した。支援者一覧表に太田垣育男の名前を見つけた。水口が勤めている運送会社の社長である。ページを繰り続けたが、笠原智司の名前は見つけることができなかった。しかし、当時、支援者の一角に加わっていたのは間違いなさそうだった。

笠原智司と水口文彦には以前からつながりがあったのだ。笠原が彼について一言も触れなかったのは奇妙だ。

探りを入れてみてもいいのではないか。

17

月曜日。午前十時半。

共和運送の社屋は三角屋根の物流倉庫を兼ねていた。駐車スペースに軽ワゴン車が二台停められている。人目を引く青い色で会社名に加えて「小口ＯＫ　迅速配達」と文字が書かれている。

倉庫の中は整理が行き届いており、がらんとしていた。あらかたのクルマが配送に出かけているようだ。

倉庫内の事務所スペースで、茶髪の若い女性がパソコンを操っている。窓ガラス越しに警察手帳を見せると、女性は事務所から出てきて、倉庫の裏手から四十そこその作業着を着た男を連れて戻ってきた。がっしりした体つきをしている。

柴崎が名乗ると、男は浮かない顔で胸ポケットから名刺入れを取り出し、一枚寄こした。「共和運送社長　太田垣育男」とある。

「お忙しいところ申し訳ありません」

柴崎は言った。

「あ、いえ、構わないですよ」

太田垣はそこに立ったまま答えた。

事務所には入れてもらえないようだ。

「また水口の件で？」と太田垣は訊いてきた。

すでに捜査一課からくどいほど訊かれているはずで、うんざりしている様子が窺《うかが》われた。

「いえ、水口ではなくて、支援者の皆さんに話を伺っているんですけどね」

「ああ……わたしもそのひとりだったけどね」

水口が逮捕されて、心底裏切られた気分になっているのだろう。過去形で答えたのはその証《あかし》に思える。少しでも気分をほぐさなければ、話に応じてくれそうにない。

「こちらでは、軽ワゴン車を八台保有しているとお聞きしましたが」

「ええ。一台はそちらさんに押収《おうしゅう》されたままだけどね」

検証するため署の裏手に保管している。本部鑑識がくまなく調べたが、これまでのところ車内から笠原未希の血液や毛髪などは検出されていない。

「近いうちにお返しできると思います」柴崎は空になったラックに目をやった。「扱っていらっしゃるフリーペーパーの種類はどのくらいになりますか？」

「定期物が五つ。スポットで週に三つくらい入るときもありますけどね」

「フリーペーパーの配送がご専門なんですか？」

「一般貨物も少しずつ入ってきていますよ」太田垣は倉庫を眺めた。「うちは一時的に保管したり小出しに届けるような要望にも応《こた》えられますので」

「配送先の評判もよいようですね」

「おかげさまで」太田垣は口の端をゆるめた。「配達先の店でポップチラシを貼《は》り付けたり、壊れたラックの交換なんかもしています。競合他社の動向も常にチェックしていますし」

「プラスアルファのサービスをされているわけですね」

「要望があれば何でもしますよ。早い話、大手は下請けにまかせているんですけど、ドライバーは配達するだけでしょ。それで、うちのように小回りが利《き》くところに声がかかるんですよ」

「そうなると社員教育も大変ですね」

「まあ、人数が少ないですから、その分指示が伝わりやすいですね」

「水口も？」

「ええ、まあ」とたんに太田垣の顔色が曇った。

「それなりに、やってくれていました」

「そうですか。太田垣さんはずっと水口を支援されてきたんですね？」

「ええ、まあ。五年前だって、県警の捜査は無理っぽいところがあったし、当時、水口は『ぼくの仕業じゃない』ってずいぶん、抵抗していたんですよ。弁護士からいろいろ聞かされて、ぼくも釈放される前に一度、面会したんです」

「社長ご自身が？」

「ええ、弁護士に誘われて。気の弱いところがあって、警察から強く言われたら、すべて認めてしまうような性格であることが会ってみてよくわかりました。これまでの自分は小さな女の子に執着してしまっていたけど、こんな目に遭って、とことん自分を見つめ直した、釈放されたら心を入れ替えて一から出直しますからって、涙流して訴えるんですよ」

「そうだったんですか……」

「うそをついてる目じゃなかった。これからは、できるかぎり、きみの力になってあげるから、遠慮なく何でも言ってくれって励ましましたよ。そしたら、ぱっと人が変わったみたいに明るくなってね。警察署を出たとき、信じてあげてよかったなってつくづく思いましたよ。心が軽くなったっていうか」

当時の状況をいまここで話してもらっても、いかんともしがたい。

太田垣が続ける。「文彦くんも大変だと思うよ。親父《おやじ》さんはがんを患《わずら》って病院通いみたいだし」

「それでね、社長さん」柴崎は訊いた。「水口はいまのアパートに一年ほど前から住みはじめていますが、彼の支援者でそれについて知っている方はどれくらいいましたかね？」

「あまり、いないと思いますよ」太田垣は腕を組み、考え込んだ。捜査一課からは訊かれていないようだ。「あれから時間がたってるし、柏在住の人間ばかりだったから……そういや、こないだ、立花さんから電話があったな」

ひらめくものがあった。その名前はどこかで耳にしている。……柏署だ。千葉県警捜査一課管理官の辻本から聞いたのだ。玲奈ちゃん事件で力のある弁護士を立ててもらった引き替えとして、水口の父親が十六号線沿いの土地を売った不動産屋が確か立花といったはずだ。柏の立花さん。支援者一覧にも名前が載っていたような気がする。

「……ああ、柏の立花さんね」

調子を合わせる。

「そうです。ご存じ？　不動産屋さんの」

ずしりと重いものを受けとめたような気がした。

「お名前は伺っています」

「水口文彦の父親の知り合いですよ。小さいときから文彦を知っていたそうで、支援者の中でもかなり熱心な方でしたよ」

やはりそうだ。しかし、立花がいまさらどう関わっているのか？

「そうですか……立花さんから電話があったのはいつですか？」

慎重に言葉を選ぶ。

「先々週の土曜日だったかな。いまも文彦はあそこにいるのかいって訊かれたよ。それで住所も教えてやったけどね」

「何時ごろ？」

「朝早かったですね」

「ほかに水口の住所を知っている人は？」

「いまは少なくなってると思うなあ」

「当時の弁護士の方は？」

「いや、知らないだろう」

「ちなみに、笠原工務店の社長さんなんかは？」

「笠原工務店……ああ、いまテレビで騒がれてる未希ちゃんの事件のお父さん？」太田垣は柴崎の顔を見つめた。「あの人も支援者なんですか？」

「念のために確認したまでです」

太田垣は笠原を認識していないようだ。

「あ、そう」思い出したように太田垣は続ける。「そういや、立花さんは都内にも客を抱えているはずだけどな」

「ほかはいかがでしょう？」

「支援者？」太田垣はため息をついた。「五年前ならともかく、こんなことになっちゃったんだから、改めて支援をしようっていう人はいないんじゃないの」

不動産売買を通じて、笠原智司が立花と知り合いになっていた可能性はある。その関係で水口の支援者になってもらえないかと頼み込まれ、カンパでもしたのかもしれない。その流れで支援者の会に出て、その折に写真に撮られたのだろう。まさか、水口と最悪のかたちでまた接点を持ってしまうとは。

笠原未希の遺体が見つかるまで、捜査一課は笠原夫妻のスマホと笠原工務店名義の固定電話をモニターしていた。大貫係長に理由を話してそれらをチェックしてみたらどうか。

そんなことを考えながら柴崎は礼を言い、倉庫を出た。

ふと思いつき、クルマを走らせた。うろ覚えの住所をたどっていくと、木材とトタン屋根で組まれた資材置き場に行き当たった。角材や合板が重ねられていて、入り口には廃材保管用のコンテナがある。その奥に小さく笠原工務店と書かれた小型トラックと共和運送で見たのと同じような軽ワゴン車が二台停まっていた。それだけを確認してから、署にクルマを向けた。

雨の雫《しずく》がフロントガラスを伝う。重たげな雲が低く垂れ込めていた。

18

人の出払っている捜査本部で調べ物をしてから警務課に戻った。何本か電話を入れて、本部から送られてきた警務関係のメールを処理し、助川に声をかけて署長室に入る。

坂元は土日にかけて溜《た》まった稟議《りんぎ》書類と格闘していた。柴崎が声をかけると「五分でお願いしますね」と釘《くぎ》を刺し、署長席からソファに移った。

柴崎は水口の支援者の集合写真の中に、笠原智司がいたことを話した。坂元は怪訝《けげん》そうな表情で差し出した写真を手にとって眺めた。

坂元はそれを助川に渡して、柴崎に向き直った。

「どこから入手したのですか？」

柏署が提供してくれた捜査資料の中にありました、と答える。

助川が写真をテーブルに放った。「これだけじゃ、笠原さんが水口の支援者かどうかはわからんぞ」

「その件なんですが」柴崎は続ける。「午前中、水口が勤めていた会社に出向いて、太田垣社長に話を聞いてきました」

「姿を消したと思ったら、そんなところへ顔を出していたのか？」

助川はあっけに取られたような声を上げた。

「ご不在でしたので部下には言い残しておきましたが」

「それはいいですから、先を続けてください」

坂元に急《せ》かされる。

「この件については捜査一課の大貫さんに話を通してあります」柴崎はとりあえず言

った。「笠原未希ちゃんが行方不明になった翌日——先々週の土曜日の早朝になりますが、かつて水口の熱心な支援者であった、柏市で不動産業を営んでいる立花喜久夫《きくお》さんが、太田垣社長に水口の現居住地について電話で問い合わせをしています」

橋本玲奈殺害容疑で水口文彦が逮捕されたとき、有力な弁護士が立った件に一役買った人物であるのを説明する。

「それがどうした」

助川が首を傾《かし》げる。

「時期が時期だけに、もしやと思って、工務店にいる高野に立花不動産について調べてもらいました。社長には内密に、信頼できる従業員から聞き出してくれたのですが、立花不動産は江戸川区に何筆か土地を持っていて、その土地を建売住宅にして売り出す計画を立てた折、笠原工務店が請け負ったということでした」

「どれくらいの規模の？」

「八棟ほど。ほかにも、立花不動産名義の二カ所の土地で建売住宅を建てたと証言しています」

「笠原智司氏は立花不動産が便宜を図ってくれたお礼に水口の支援者になった？」

坂元が言った。

「確認できていませんが、その可能性は否定できないと思います」

柴崎が答える。

「それぐらいはやって当然じゃないか。実に皮肉な結果にはなっちまったが」

助川が口をはさんだ。

「重要なのは智司さんが以前から水口の存在を知っていた点です。ただし、現居住地までは知らなかった。そんなときに未希ちゃんが行方不明になった。そして翌朝、立花さんが太田垣社長に水口の現居住地を訊いている。もしかしたら、智司社長が立花さんに電話して、水口の所在を尋ねたのではないかと考えました」

「智司社長に当てたの？」

坂元が言った。

「微妙な案件なのでご本人にはお伺いできません。一課が笠原家のご家族の携帯や固定電話をモニターしていたので、通信記録を見せてもらったのですが、立花喜久夫もしくは立花不動産へ、土曜の朝、架電した記録はありませんでした。公衆電話のように足のつかない電話を利用した可能性もあります」

「どうなのかな、それって」坂元は理解に苦しむふうに言った。「大貫さんは何て言ってました？」

「それが……もし、わたしの推測が当たっているとするなら、水口が綾瀬に在住しているのを智司社長に教えた人間がいるのではないかと疑われて」

「うちの者がか？」助川が驚きの声を上げた。「高野や杉村が社長に教えたというのか？」

「ありえません」

「大貫さんは、智司さんが水口による犯行を疑い、立花さんに問い合わせたと考えたのね？」

坂元に訊かれて、おっしゃる通りですと柴崎はうなずいた。

助川の鋭い目に射抜かれた。「写真に写っていただけだろ。水口の支援者だったとまでは言い切れん」

「かもしれませんが」

坂元は考える仕種《しぐさ》をした。

「もし水口の犯行だと考えたとしたら、智司さんは真っ先に警察に訴えてくるんじゃないかしら」

「……たしかに」

「笠原さん一家は葬儀が終わったばかりでどん底にいるんだ」助川が言った。「こんなくだらん話をご本人には絶対に当てるなよ」

返事につまった。智司が水口の支援グループに入っていたとしても、それ自体は特に異常ではない。

開けっ放しのドアをノックする音がして、高野が署長室に飛び込んできた。

呼んでもいないのにやって来た部下に訝《いぶか》しげな目線を送る坂元の前で、柴崎は隣に座るように指さした。高野は柴崎の顔を見て、一度大きくうなずいてから、訴えかけるような目で署長を見つめている。

「実は高野の話を聞いていて奇妙に思った件がありまして」

柴崎から、智司が自分の口座から現金を五百万円下ろしたことと、それを角谷に渡した可能性があることを伝えた。

「こっそり退職金として渡したという意味ですか？」

坂元が訊いてきたので、笠原夫妻が長男の将太を警察から隠し、それを知っている角谷に、口封じのため渡したのではないかという仮説を述べた。

「未希ちゃんの兄を隠すって何のためだよ？」

助川が口を開いた。

言いにくいことですが、と前置きして、兄妹《きょうだい》のあいだに諍《いさか》いが起こり首を絞めて殺した。それを角谷が知り、笠原夫妻を脅しているのではないかという仮説について説明した。

助川は坂元と顔を見合わせている。どちらも驚いた表情だ。

助川が首を振りながら柴崎を見た。小さく舌打ちをする。「こそこそ調べていると思ったら、そんなくだらんことを考えていたのか」

「不穏な動きを見せたとしたら、笠原家にいる特殊班が気づくんじゃないの？」

坂元が重ねる。

「二日単位でメンバーが入れ替わっていますし。高野にしても、ずっと、ご家族に張りついていたわけではありませんので。そうだったな？」

「はい。もうひとつ、お伝えしなければいけない事項があります」立ったまま高野が言った。「智司社長は最近まで堀田江里という女性従業員と不倫していたようだという証言を得ました」

「今回の件と関係があるの？」

面食らったように坂元が訊き返した。

「角谷もそれを知っていて、社長を脅した可能性もあるのではないかと思いまして」

坂元はふたたび困惑した様子で助川に目を移した。「どう思います、副署長？」

助川はあっけらかんとした顔で、「兄貴が未希ちゃんを殺したなんてバカげた説は外で吹聴《ふいちょう》するなよ」と柴崎に言った。

この反応はあらかじめ予想していた。兄による犯行説とそれを知った上での角谷の恐喝説には無理があると思っているのだ。

高野が何か口にしたくてうずうずしている様子だ。

「で、高野さん、あなたどうしたいわけ？」

「はい、角谷と堀田について、掘り下げて調べてみたいと思います」

きっぱりと答えた。

「ふたりとも、考えすぎじゃないかしら」

坂元が気勢をそぐような口調で言う。

「……でも」高野が食い下がる。「このふたりは何か隠しているように思えて仕方ありません。臭《にお》うんです、とても」

「署長、五百万円の流れを調べるという線でどうですか？」助川が高野に加勢するように坂元に言った。「子どもさんを殺されて、そのあげくに恐喝されているとしたら放っておけないでしょう」

「仕方ないですね」坂元がしぶしぶうなずいた。「三日間だけですよ。調べて何も出てこなかったら速やかに終了してください。いいですね？」

高野はかしこまって「承知しました」と答え、きれいな一礼を見せて退室した。

「おまえも手伝ってやれよ」助川が言う。「高野を焚《た》きつけたんだから」

「焚きつけたわけじゃないですが……わかりました」

坂元が開いたままのドアを見ながら、

「去年のストーカー事案のとき、高野さんから『人間の恐ろしさをわかっていない』って言われたけど、今回はつくづく思い知らされそうだわ」

とつぶやいた。

よく覚えている。本部のストーカー対策室規制係長がいる前で、高野は大胆にも署長にそう言い放ったのだ。

「それはそうと、代理、明日は区長さんも一緒に回ってもらえるんですよね？」

坂元に訊かれた。

ふいに話題が変わったので、柴崎はあわてて答えた。

「はい、綾瀬駅まわりの繁華街を視察していただくよう手配しています」

年末から年始にかけて、管内では学童の交通事故が連続発生していた。このため、明日一月二十一日、坂元は区長とともに管内を合同パトロールすることになっており、笠原未希の在学していた綾瀬小学校にも立ち寄る予定だ。そちらに柴崎も同行するのだ。

「交通安全協会は何人参加だ？」

助川に訊かれる。

「管内からは五名になっています。全員出席されるとのことですので」

改めて確認の電話を入れておいたほうがいいだろう。

「どうやって水口を落とそうかっていうときに」坂元が元のトーンに戻って言った。「代理、それでいいかしら」

「はい、それで一課のほうには……」

坂元は柴崎の言葉が届かなかったようにソファを離れる。

「一課が何だって」

助川が立ち上がりざま口にした。

「一課には伝えるべきではないかと」

「何を？」

「いま、お話しした件を」

柴崎は戸惑った。それなりに手順を踏んで調べたつもりだった。勝手に支援者を訪問したのが助川の癇《かん》に障《さわ》ったのかもしれない。

「穏便に進めてください」署長席に戻った坂元が言った。「くれぐれもマスコミに勘づかれないように」

柴崎は立ち上がり、「承知しました」と深々と頭を下げて署長室をあとにした。

19

堀田江里が住んでいる泉コーポは、綾瀬警察署と笠原工務店のちょうど中間あたり、小さなアパートが建ち並ぶ一角にある六階建ての細長い賃貸マンションだ。道をはさんで南側は都営アパート内の公園になっている。千代田線の高架から三百メートルほど西側にある。

午後から降り出した雨はやむ気配がない。

駐車場で防寒コートを着た若い男が傘を差し、背中を丸めるように立っていた。手にファイルのようなものを持っている。泉コーポを管理している不動産屋の社員だ。

傘を差しながらクルマを降りて、男に挨拶《あいさつ》した。

卵形のつるんとした顔立ちだ。男は清水《しみず》と名乗った。

高野とともに清水の案内でコーポの玄関に向かう。

「急にお呼び立てしてすみません」

柴崎は言った。

「いえいえ」

清水は恐縮する。

「お手間は取らせません。十五分か二十分で終わらせます」

泉コーポの管理会社に、防犯関係のチェックを行うため現在管内のマンションを巡回していると高野が電話で適当な理由を告げ、対応してもらったのだ。

「築三十年にしては、きれいな外観ですね」柴崎はマンションを見ながら前もってネットで見ていた情報を口にした。全二十八戸。駐車場側に外階段がある。

「四年前にリフォームしました」と聞かされ、そんなものかと思った。

「空き部屋もご覧になるのですね？」

そう訊《き》かれて、お願いしますと答えた。

清水が玄関で暗証番号を入力し、三人で中に入った。各戸から開錠できるタイプではなさそうだ。そこそこに広い玄関ホールを通り、エレベーターに乗り込む。

「管理人さんは常駐していないんですね？」

てきぱきと高野が訊く。

「はい、常駐はしておりませんが」

古い物件なのでそこまでは、というニュアンスが感じられる。

四階の扉が開き、エレベーターを降りる。

手前からふたつめの部屋の鍵《かぎ》が開けられ、室内に通された。手前にトイレと風呂場《ふろば》が向き合っている。狭い廊下の先、右手に小さなキッチンがあった。八畳ほどだ。すぐバルコニーにつながっている。左手に小さなクローゼットがある。廊下を通り、リビングに入った。

「1LDKですが、月に七万二千円と割安になっておりまして、ご入居者様には十分ご満足いただけていると思いますが」

自然とセールストークに移行していくのが疎《うと》ましく、防犯対策はどうなっていますかと尋ねた。

清水は少し緊張した顔つきで、「管理人こそ常駐しておりませんが、エントランスに入るには暗証番号が必要ですし、これといって問題はないと思っております」

「防犯カメラは設置されてないようですね」高野がコートを脱ぎながら言う。

「いえ……正面玄関には取り付けてあるはずですが」

それだけでは十分ではないだろうと思ったが、口にはしなかった。

「入居されているのは長期の方が多いですか？」

高野は矢継早に訊いた。

「そうですね」清水が入居者ファイルをめくりながら、「七、八年前後の方が多いでしょうか」と答える。

高野がクローゼットを調べている。

「念のためにお伺いしますが、最近、このマンションで不審者が侵入するような事件は発生していませんよね？」

柴崎からも質問した。

「もちろん、起きておりません」

即座に清水は応じた。

「法人の借り上げはありますか？」

高野が訊いた。

またファイルをめくる。「いえ、特には」

「セキュリティの件もありますので、ちょっと拝見させていただけません？」

柴崎が横から言うと、清水はすんなりとファイルを寄こした。

二階の一室に借り主として笠原智司の名前を見つけた。

ほかの書類を見てみたが、堀田の名前は見当たらない。

高野に該当箇所を見せると複雑な表情でうなずいた。

ファイルを返す。高野が、マンション全体を見てみたいので一階に戻っていてくれないかと清水に頼んだ。

「構いませんけど、どれくらいの時間になりましょうか?」

清水が不安げな面持ちで訊いてくる。

「十五分もありましたら」

高野が答えた。

「わかりました。では下でお待ちしていますので」

清水が部屋から出て行くと、はたと思い当たったような顔で高野が口を開いた。

「堀田さんのお給料じゃ、ここの家賃は払えませんね」

堀田の部屋は201号室だ。去年の六月に契約されている。現在、堀田は出社していて不在のはずだ。

「どうしてわかる?」

「無理ですよ。七万くらいなんですから。ほかの従業員は住宅手当をもらっているのに、彼女には支給されていないんです」

工務店の帳簿類も確認したようだ。

「じゃあ、社長が払っている？」

「そう思いません？　間違いなく、まだ不倫は続いていますよ」

「尋ねてみるか？」

「いずれは、そうしないと」

「知らないのは奥さんだけか……」

しかめっ面《つら》で高野は息を吐く。「そもそも、智司社長は堀田さんをとりあえず奥さんと顔を合わせないですむ展示場に移したんですから」

「そのあたりの事情は、当人たちに直当《じかあ》てするしかないだろうな」

智司に直接会って話を聞くしかないだろう。それにしても、と柴崎は思った。不倫専門の私立探偵の真似事《まねごと》をしているような気分だ。

「ここ、セキュリティ、ゆるゆるのマンションですね」

高野は天井に目を向ける。

「そうだな」

エレベーター内にも廊下にも、防犯カメラらしきものはない。

「とりあえず二階を見てみませんか？」

高野に言われるまま、階段を使い二階に下りた。

２０１号室はエレベーターに一番近い部屋だ。

高野はとなりの２０２号室のインターホンを押した。聞き込みをするつもりのようだ。そこまでやらなくてもいいと思ったが、すぐに応答があった。「警察です、防犯の調査でお邪魔させていただきました」とすらすら述べている。

しばらくして内側からドアが開き、ショートカットの中年女性が不安げな顔を見せた。

最近このご近所で、泥棒に入られたお宅がありまして、その関係で防犯の啓発に伺わせていただきました、と高野はよどみなく話しだした。

隣に住んでいる方と往《い》き来はあるかとか、見かけない人がマンション内にいるのを見たことがあるか、などと核心部分について探りを入れている。

かたわらで待ちながら、先に下りて一階で待っていようかと思った。

刑事らしくあらゆる物事を疑いの目で見、そつなく聞き込みを進める姿に感心した。

聞き込みを終えた高野から、「代理もお願いできますか」と当然のように頼まれた。

「おれもか？」

「わたしは二階を受け持ちますので、三階をお願いします」

押し切るように言われたので従うしかなく、三階に上って、たったいま耳にしたばかりの口上を繰り返した。五軒のうち三軒が留守だった。聞き込みを終えてまた一階に下りた。高野が現れたのは十分ほどたってからだった。エントランスで待機していた清水に礼を言い、高野が運転するクルマに乗り込んで署に戻る。

期待のこもった視線を高野は送ってくる。「気になる証言、ありましたか？」

「ないよ。そっちは？」

「405号室の話がちょっと引っかかります」

「四階にも行ったのか？」

当然という感じでうなずいた。「小谷《こたに》さんの奥さんの話では土曜日の朝から昼ぐらいまで、ずっとお香を焚《た》くような匂《にお》いがしていたとか」

「お香の匂い？」

「ええ、外階段のほうから匂ってきたと言ってるんですよ。……朝からお香を焚くなんて」

「別におかしくないんじゃないか」

「外階段のほうは裏手になっていて、各部屋の排気口はそこに取り付けられているんですけど……でも、半日もずっと強く匂っていたなんておかしいと思いませんか？」

「瞑想《めいそう》とかやってる住人がいるんだろ」

高野は納得していない表情だった。

「捜査一課に調べる気はないのかな」

「水口の取り調べと犯行の裏付けで手一杯だ」柴崎は言った。「被害者の面倒見はそっちで頼むと言われた」

「水口と断定して本当にいいのかなぁ」

捜査一課の大貫には、笠原智司が水口の支援者と関わっていたことを伝え、未希の司法解剖結果から見て、兄の将太による犯行の疑いは捨て切れないのではないかと話した。しかし、大貫は一顧だにせず、支援者は大勢いましたからと素っ気ない返事だった。

「被害者の面倒見には不倫の清算まで入っているのかよ」

柴崎は皮肉っぽく口にした。

「吉川さんが言うには、堀田江里さんて、けっこう結婚にあこがれているタイプみたいで。でも、お金のない人と結婚するのは絶対に嫌だと言っていたようです」

「しっかりしているんだな」

虚《むな》しさに襲われた。すでに決着のつきかかっている事案に執着して、ここまで探りを入れる必要がどこにあったのか。高野につきあうのも、ほどほどにしておかなければいけない。

「それはいいとして、これからどうする?」窓に降りかかる雨を見ながら訊いた。

「工務店に顔を出して不倫関係を続けていますねと社長に当てるのか?」

急に不機嫌になったのに気づいたらしく、高野は愛想笑いを浮かべた。

「代理、どうかしましたか?」

「だから、いつまで周辺を掘り返す気なんだ? こんなことを続けていていいのか、正直、わからなくなった」

「納得のいくまでやらせてください」きっぱりと高野は言った。「もう少しです。きっと何かが出てきますから。わたしを信じて頂けませんか?」

力強く言われて、わだかまりが少し消えた。

「もう少し、あのマンションを調べないと」

「どうして?」

「智司社長に当てるにしても、きっちり裏を取ってからでないと意味がありません」

「裏は取れたじゃないか」

「借り主の名義が判明しただけです。もっと具体的な証拠を見つけないと。中道係長に頼もうかな」

彼に何を頼むというのか。

「……まあ、三日間だ。気がすむまでやってくれ」

マスコミ関係者の姿も少なくなった署の正面玄関に着いて、柴崎はクルマを降りた。高野は行ってきますと言い、またクルマを発進させた。泉コーポに戻る気らしい。しばらく走ったところで左手に曲がるのを見送ってから署に入った。

20

その晩も遅くなり、帰宅したときには十時を回っていた。ラーメン屋の出前で夕食はすませていたので、冷蔵庫の中を物色して、土産物のするめの糀漬《こうじづ》けをテーブルに運んだ。風呂上がりのパジャマ姿でタオルを頭に巻いた雪乃に、日本酒を燗《かん》してもらう。大きめの盃についで一口飲んだ。胃のあたりにぽっと火が点《とも》る。

「未希ちゃんのご両親はどう？」

テレビに目をやりながら、雪乃が訊いてくる。

「いや、まだまだ」

　言いながら糀漬けをつまむ。

　とても、二日や三日で立ち直れるようなことではない。

「もうここまできたら、警察がケアできないしね」

「まあ、マスコミを追い払うぐらいはしないとな」

　雪乃は柴崎を見た。「守ってあげてね」

「ああ」

　まだ何か言いたげな顔でいる。「犯人のほうはどうなの？　自白した？」

　やはりそこが一番気になっているようだ。

「そっちは手を離れたからさ」

　二杯目の酒を口にする。

「だって、聞いてるんでしょ？　どうなの、感触は？」

　すぐ返答できなかった。ここ二日間ほど独自の調べを進めて、これまで表に出てこなかった事情がわかってきたからだ。

「一課はほぼ水口で間違いないとみているさ」

　雪乃はようやく視線を外した。

「やっぱりか。ほんとうに未希ちゃんて、運が悪いわね」

「そうだな」

「水口は必死よね。ここで認めたらもう、最高刑は固いから」

「まだわからないじゃないか」

理解に苦しむという顔でまた見つめてくる。「だって、間違いないんでしょ？　五年前の事件だってあの男がやったに決まってるわ」

弛緩《しかん》した体に仕事の続きのような話は願い下げだった。

早々に酒を空けて、風呂に浸《つ》かった。

天気予報によれば、雨は残るらしい。雨天の場合でも管内の巡回は予定通りだ。綾瀬駅で交通安全のビラ配りをしたのち、合同パトロールを行う。笠原未希の小学校では、子どもたちの下校時に合わせて、見守り活動にも参加しなくてはいけない。多忙なときに鬱陶《うっとう》しい。合同パトロール中のどこかで署長を退出させてもいいだろう。どのあたりが適当だろうか……うとうとしかかったとき、ガラス戸を叩《たた》く音がして目が覚めた。スマホが鳴っている音が聞こえる。

「高野さんから電話だけど」

脱衣場から雪乃が声をかけてくる。

こんな時間にいったい何用なのか。

「かけ直すって言っとけ」

「わかった」

せっかく気持ちよくなりかけていたところを引き戻されて、疲れがぶり返してきた。それでも気にかかり、風呂から早々に上がってコールバックした。

「来ています、智司さんが、金曜日に、あっ土曜日になるんだ」

一瞬、何のことなのかわからなかった。

「話が見えん」

「ですから、今月の十日金曜日……」息せき切って続ける。「ではなくて土曜日の午前三時四十分前後に、堀田さんのマンションに智司さんが来ているんですよ」

「泉コーポに？」

「はい。病院の管理栄養士をしている303号室の中年女性が、早朝出勤で出かけるとき、エントランスで智司さんとすれ違っています」

「未希ちゃんがいなくなった晩か」

「そうなんですよ！」

未希ちゃんが行方不明になった日の深夜に何をやっていたのか。

午前三時といえば、綾瀬署の署員たちが必死で通学路を探していたころだ。笠原工務店の従業員たちも遅くまで捜索活動を続けてくれた。堀田江里も参加していたと聞いている。

いや、午前三時、堀田はもうマンションに帰っていたはずだ。その部屋に、智司が現れた――？

「目撃者はそれまでに二度ほど智司さんの顔を見ているそうです。持っていた写真を見せましたが、間違いないと言っています。どうしますか？」

「高野、まだおまえ、泉コーポにいるのか？」

「はい、います」

壁時計を見た。午後十一時を回っている。

「きょうのところは帰宅しろ」

「いいんですか？」

「明かりの点《つ》いてる部屋はぜんぶ当たったんだろ？」

「まだ四軒、残っています。智司さんが出ていった時間がわかりませんから、そっちについても聞き込みをしたいんです」

二十代の女性が、こんな夜中にたったひとりで聞き込みを続けている。もし事件にでも巻き込まれたらどうするのか。

「もういいって。帰れよ」

「……わかりました。十二時まで粘ってみます」

通話が切れた。

もう一度電話をかけ直そうと思ったものの、やめた。

熱意のこもった声が耳元に残った。いつの間にベテラン捜査員のような口を利《き》くようになったのだろう。昼間に続き、ひとしきり心を動かされた。

だが、腑《ふ》に落ちない。我が子が行方不明になって間もないというのに、不倫相手の家を訪ねる肉親などいるだろうか。堀田のマンションにいるかもしれないと思って確かめに行ったのか。残念ながら、未希を発見することはできなかった。妻の手前、堀田に抱いた一抹の疑念は決して口にできず、捜索リストにも載せなかった。……そういうことではないのか。

不倫が既に露見しており、愛人に会いに行ったことを妻が承知していた可能性もなくはないが、そうだとしても捜索先として捜査員に伝えなかったのは、やはりおかしい。昼間聞いたお香の件が頭をよぎった。未希が行方不明になった翌日の朝から匂ったという。もしその匂いの出所が、堀田宅だったとしたら……。風呂から上がって間もないというのに、背筋のあたりがぞくりとした。

21

午前中で雨は降りやんだ。区長や交通安全協会の会員たちと綾瀬駅で交通安全のビラ配りを終え、繁華街や住宅街を予定通り一巡した。区長を見送ってから、笠原未希が在学していた綾瀬小学校に一同で足を運んだ。

校長やＰＴＡ会長らの出迎えを受け、正門前で下校する子どもたちを見送った。生活安全課の中道係長もいた。警戒に当たる教職員や子どもたちはやはり、元気がなさそうに見えた。

笠原未希の事案の影響を受け、先週の金曜日まで、集団登下校が行われていたが、水口の逮捕とともに通常の態勢に戻っていた。それでも、いくつかのテレビ局や新聞記者が取材に訪れている。

子どもたちに声がけしている坂元に近づいてきて、水口に関する情報を取っていこうとする記者もいた。彼らを制止しながら十五分ほど見送りを続け、校長と懇談するために校内に戻った。

下駄《げた》箱でスリッパに履き替え、二階の校長室に向かっていたとき、廊下の向こうから黒のパンツスーツ姿の高野が小走りにやってきた。

「何してるんだ」

思わず柴崎は声をかけた。

高野はそわそわしながら、「いまこちらにいらっしゃると聞いたものですから」と坂元と柴崎の顔を交互に見ながら早口で言った。

顔が興奮で赤らんでいる。ただならない様子だ。

「急ぎか?」

高野は手を握りしめ、「はい、至急に」とまばたきを繰り返す。

「どうしたの?」

坂元が訊く。

ぱっと坂元に体を向け、

「お時間、いただけませんか?」

と頭を突きだした。

困惑した坂元が顔をしかめ、視線を送ってくる。

「ちょっとだけ待ってくれ」柴崎は高野の腕を取り、坂元から離した。「これから、校長と懇談なんだ。十分もあれば終わるからここにいろ」

まだ食い下がろうとしている高野を置いたまま、坂元を促して校長室に向かった。

児童の事件を受けての懇談は長引き、終わったのは三時半を回っていた。

廊下には高野とともに中道係長もいた。部屋から出て来た校長の田島と教頭に挨拶《あいさつ》した。中道の先導で理科室に入った。ベージュのシャツの上にブレザーを着込んだ四十がらみの清楚《せいそ》な感じの女性がいた。最後に入室してきた高野から、こちら、将太くんの担任の大井《おおい》先生ですと紹介される。

中道は廊下に出て見張り役を務めてくれる。

「どうした？」

高野に訊いた。

「はい、……ご報告したい件が多々ありまして」高野は坂元の顔を窺いながら息を継ぐ。「中道係長に手伝っていただいて、将太くんから話を聞けました」

「将太くんて、笠原さんのお宅の？」

実験テーブルに身をあずけて坂元が問いかける。

「はい、未希ちゃんの兄の将太くんです」

「話を聞いたって、ここでか？」

ふたたび柴崎が尋ねた。

高野はもどかしげにうなずいた。「はい。中道係長から大井先生にお願いして、将太くんを登校させるようご両親を何度も説得してもらったんです。そしたら今日、ようやく登校してくれて」

高野が大井に視線を送ると、大井は丁寧に頭を下げた。

「それで、おまえ、学校で将太くんと会ったのか?」

「つい一時間前に。大井先生にお願いして、将太くんに教室に残ってもらいました」

高野の目論見《もくろみ》に気づいた。

笠原未希が行方不明になった晩、いつまでたっても、未希が帰ってこないので、佳子が角谷を呼んだという。相談を持ちかけられた角谷は、兄の将太に未希の居所について尋ねたはずだ。

そのときの経過を担任の教諭の立ち合いのもとで、将太本人の口から聞いたのではないか。

それについて尋ねると、

「そうです。ようやく、将太くんに尋ねることができました」

と高野はスマホをかざして見せた。

画面に録音アプリが出ている。

聞いていただけますか、と高野は坂元の顔を見て言い、再生ボタンを押す。

『……えっと、わたしのことわかるよね』高野の声だ。

『うん、警察の人』小さく、おどおどした声だ。将太らしい。

『ごめんね、帰り際《ぎわ》に。ちょっとだけお話しさせてもらっていい？』

返事があったようだが、うまく聞き取れなかった。

『先々週の金曜日。未希ちゃんが帰ってこなくなった夜のこと、覚えてるかな？』

『……うん』かすれるような声だ。

『そう……でね、将太くんはお部屋でゲームか何かして遊んでいた？』

しばらく間が開き、ビデオゲームの名前らしきものを口にした。

『お父さんから何か訊かれた？』

返事はない。そう、やっぱり、という高野の声がして、将太がうなずいたらしいのがわかった。

『角谷さん、知ってるよね？』高野が訊いた。

『知ってる。角谷のおじさん』と将太は復唱した。

『そうそう、おじさんと将太くん、仲いいよね？』

『うん』

『でね、将太くんがその日、ゲームしていたとき、角谷さんがお部屋に入ってきて、妹の未希ちゃんは知らないかって訊かれなかった？』

『未希を……』

言葉が続かない。

『……ほんと、かわいそう』

苦しげなつぶやきが聞こえた。妹の死を兄として深く悼《いた》んでいるのだ。

『あ、ごめんね、お姉さん、そんなつもりで言ったんじゃないんだけど、思い出させちゃったね』

『うん』

しっかりした声を返した。

『もう一度訊くね。将太くんがゲームをしていたとき、角谷さん、お部屋に入ってきたかしら？』

『ううん……』どことなく答えにくそうな様子だ。

『そう。角谷さんもゲーム好きなのかな？』

『ううん』

『そうだったんだ。色々訊いちゃってごめんね、お姉さんもあの晩、未希ちゃんを一生懸命捜していたもんだから』

『……だめだって……』かすかに将太の口から洩《も》れた。

『何？』

『角谷のおじさん、しゃべっちゃだめだって』

『何のことかな。お姉さん、ちょっとわからないよ』

『お姉ちゃんの自転車……』そこまで言って将太は口をつぐんだ。

『お姉ちゃん？』しばらく高野は考え込んだようだった。『誰かしら？』

しばらく、沈黙があった。

大井も神妙な面持ちで聞き入っているのだろう。

『堀田さん？』

かすかに、うんという声が聞こえた。

『工務店の堀田さんの自転車のうしろに未希ちゃんが乗っていたのね』

耳を疑った。従業員の堀田が当日、未希を自転車に乗せていた？

たしかに将太はそう証言したのだ。

坂元が柴崎を見た。

目をみはっている。言葉が出てこないようだ。

将太からは答えがなく、高野は質問を繰り返した。焦《あせ》っているのが感じられる。

『何度も訊いたりして、ごめんね。将太くんは堀田さんとも仲がいいもんね』

『うん』

『将太くんが学校から帰ってきたとき、ああ、帰り道かな。堀田さんの自転車のうしろに未希ちゃんが乗っていたのを見たのね？』

『うん』

『何時ごろだったかな？』

『いまくらいの時間』

午後二時半前後だろう。だとすれば……。

『どのあたりだったかわかる？』

『うちの近く』

『ちょっと待ってね』しばらく間が開いた。『どのあたりかしら』

スマホで地図を見せたのだろう。

『……ありがとう。でね、将太くん、お姉さんにいまここで話したことは、絶対に誰にも言わないでくれるかな？　角谷さんだけじゃなくて、お父さんやお母さんにも内緒にしてくれる』

わかったという返事とともに、足音がして、将太が教室を出て行くのがわかった。

再生が終わる。

高野から退室を促された大井が深々とお辞儀をして部屋から出ていった。

改めて高野はスマホに表示した地図を柴崎の眼前に差し出した。

実験テーブルを離れ、坂元も近寄ってくる。

ピンで留められている場所が拡大表示される。

笠原工務店の近く、エミール綾瀬北側の道路だ。

金曜日の午後二時二十三分、笠原未希が防犯カメラに映っていた場所から、わずか二十メートルほどの地点にあたる。

覗《のぞ》き込んでいた坂元が冷水を浴びせられたように顔を強《こわ》ばらせ、高野に厳しい目を向けた。「未希ちゃんが行方不明になる直前に会ったのが堀田江里ということ?」

「と思われます」

険しい表情のまま高野は返事をした。

「堀田江里はどうして話さなかったの?」

「その理由は……わからないです」

高野の手からスマホを取り上げた。地図を指でスライドして、さらに北側を表示させる。東綾瀬公園の野球場のあたりから、さらに北へスライドさせると泉コーポがある一画が映った。坂元とともに見入る。

自転車のうしろに乗った未希が目撃された場所から、北に七百メートルほどいったところだ。柴崎は泉コーポについて坂元に説明した。

「堀田江里が未希ちゃんを自分のマンションに連れ込んだって言いたいのね？」

ふたたび坂元が訊くと、高野は硬い表情でうなずいた。

坂元は信じられないというふうにゆっくり頭をふる。

将太の証言をどう受けとめればよいか、順序立てて考えねばならない。

少なくとも、将太による犯行という見立ては全くの見当違いだ。

「ご両親はご存じなのかしら……」坂元は興奮冷めやらぬ顔で高野の顔を見る。「笠原夫妻は、将太くんをずっと警察から遠ざけようとしていましたよね？」

「はい」

「ご夫妻がもしこの事実を知っているとしたら……どうなの？」

「堀田江里をかばっているのかもしれません」

「……そうなりますね」坂元は怪訝《けげん》そうな声で続ける。「たしか、金曜日当日の同時間帯、堀田江里は銀行にいたんじゃなかった?」

「行ったことは確認しましたが、正確な時間は把握していません」

自信なさげに高野は答えた。

高野が銀行に聞き込みに行った日の前日、笠原智司が五百万円を引き出したという行員の話に気をとられて、防犯カメラの映像まで確認しなかったのだろう。

「高野さん」坂元は気を取り直すように言った。「将太くんは同じ話を角谷にしたんじゃないですか?」

「かもしれないです」

「だとしたら、角谷もまた口をつぐんでいる?」

「その可能性はあると思います」

「でもどうなの」坂元はいまだに信じ切れない様子で言った。「角谷は社長の智司さんを脅しているんじゃなかったの?」

高野は顔を曇らせた。「それはまだ、はっきりしていないのですが」

坂元はどこから尋ねてよいのかわからない様子で、

「泉コーポに笠原未希が連れ込まれたという目撃証言はありましたか?」

と口にした。

「現在のところありません」

高野がじりじりした様子で答える。

「署長、すみません」柴崎はあいだに入った。「それについては、高野が昨夜聞き込みで、当日の深夜、父親の智司氏が泉コーポを訪ねているという証言を得ています」

柴崎が言うと坂元に驚いた顔でまじまじと見つめ返された。

「ほんとう？」

「すみません」柴崎はおそるおそる答えた。「ご報告が大変遅れました」

午前中は合同パトロールの出発の準備で忙しかったのだ。

あわてて高野が答える。「堀田江里は、去年の六月二日に谷中《やなか》公園野球場の東側にあるマンションから泉コーポに引っ越してきています」

「そちらは笠原工務店名義？」

「はい。同じような間取りです。堀田江里は二年間ほど住んでいたようです」

「智司さんの奥さんに不倫を気づかれそうになったから、動いたということですか？」

「同じころに住宅展示場に異動していますので、そう思われます。そちらのマンションで何か噂《うわさ》が立ったのかもしれません」

「従業員には住宅手当を出しているし、社宅もあると聞きましたが」

手がかりを探るような顔で坂元が尋ねる。

「はい、独身の三人の従業員が、工務店近くのアパートに住んでいます。泉コーポは智司社長が個人名義で借りていますが、佳子さんはそれについて知らない可能性が高いです」

坂元はスマホから顔を上げてふたたび高野を見た。

「智司氏がこっそりと囲っていたわけね……」

高野は目をしばたたいて、「はい、そう思います」と答えた。

「従業員は知っている？」

慎重な構えを崩さず坂元は訊いた。

「少なくとも吉川さんは」

「角谷さんも？」

「おそらく」

「まだ不倫が続いていると見ていいんですね？」

「そうではないかと思います。笠原未希が行方不明になった晩、泉コーポは捜索リストに上げられていませんでした。ほかにも気になる点があって」

まだ報告していない件があるのかという顔で坂元に睨《にら》まれ、柴崎はうなずいた。

「翌朝、マンション内にはお香の匂《にお》いが充満していたらしいです」

おずおずと高野が言った。

坂元は軽くうなずきながら、「匂いの発生源が堀田さんの部屋だと言いたいの？」

「……もしかしたらと思いまして」

「そうだとしたら、どうして焚くの？」

「臭気の出るものをカモフラージュしたいという気持からでしょうか」

坂元は咳払《せきばら》いをして両手を胸元の前に上げた。「未希ちゃんの死体？」

高野は素早く鼻から息を吐き、柴崎を一瞥《いちべつ》してからうなずいた。

坂元は頭をやや後ろにそらせながら黙り込んだ。

「将太くんの証言がほんとうなら、犯人は水口ではないという可能性が出てきます。

そうなったときのことを考えないと」坂元は言うと高野に人差し指を向けた。「いまの話、捜査一課の大貫さんには伝えましたか？」

「いえ」

「堀田江里の周辺を洗うべきね」

「そうです」高野が言った。「急を要します」

両親や角谷に、警察官から質問されたと将太が話してもおかしくはない。

理科室を出た。引き戸の前で待機していた中道と連れだって一階に降りる。

「行方不明になった金曜日当日の堀田のアリバイをもう一度確認するように」坂元は命じた。「高野さん、もう一度訊くけど、社長と堀田江里の不倫はまだ続いていると見ているのね？」

「そうではないかと思われます」

「きちんと証明してください」

坂元はスリッパから靴に履き替えると、足早に校舎から出て行った。

22

翌日夕刻。

「おおむね承りました」大貫は言った。「笠原未希が行方不明になった時間帯に、笠原工務店従業員の堀田江里が未希を自転車の荷台に乗せていた。それを工務課長の角谷道弘が知っている可能性がある。角谷が待遇に不満を持ち、工務店の社長の智司を脅しているかもしれない。さらに、笠原智司は未希ちゃんが行方不明になった日の深夜、堀田のマンションを訪ねている」

午後五時半を回り、当直態勢に入っていた。四階の講堂に設置された特別捜査本部から大貫と浅井を署長室に呼び出して、新しく判明した事実を告げたのだ。

「わたしも驚きました」柴崎は言う。「堀田が住んでいるマンションは行方不明当日の捜索リストには上げられていませんでしたし」

大貫は腕を組み、しばらく考えてからおもむろに口を開いた。「その堀田という従業員が笠原未希を自宅に連れ込んで殺したって？」

「その可能性を考慮に入れるべきではないかと思います」

「奥方に不倫がバレるのを恐れて捜索リストに上げなかっただけじゃありませんか？」大貫は即座に言い返してきた。「だいたい小学五年生の子の話でしょ。工務課長の角谷がそう言えと将太くんに命令した可能性については考慮しましたか？」

「いえ」

「角谷は智司社長と堀田江里の不倫が続いていたのに気づいていたわけでしょ？　堀田の住まいだって知っていた」となりに座る浅井をちらちら見ながら大貫は続ける。「聞けば、堀田を犯人に仕立てて社長を脅すぐらいのことはやりかねない男のようだし。たとえ真犯人が別にいるとしても、当座は金を引き出せるからね。そもそも行方不明になった時間帯、堀田江里は銀行にいたんでしょ？」

「それが違っていまして」柴崎は手で制しながら言った。「銀行の防犯カメラで確認しました。堀田は午後二時半に銀行を出て工務店に戻ったと証言していますが、じっさいには午後二時十五分ちょうどに自転車で銀行から出て行くのが映っています」

「でも三時には工務店に戻っている」

大貫は不満そうな顔で小さく貧乏ゆすりを始める。

「まあまあ、大貫係長もせっかくうちが調べたんですから、もう少し聞いてやってくださいよ」

特別捜査本部に詰めっぱなしになっている浅井が取りなすように言った。

浅井には昨日、新たな事実が判明した時点ですべて報告していたのだ。おいおい、大貫にも伝えていたはずだった。

「大貫、いいから聞けよ」助川が太い声をかけた。「笠原智司は娘が行方不明になった翌日の未明、わざわざ不倫相手のマンションを訪れている。その理由はどう考える？」

「彼なりに確認をしたかったのだと思いますが」

坂元が口を開いた。「かりに堀田が自宅に笠原未希を連れ帰っていたとしたら、問題はそのあと何が起きたかだけに絞られます」

「堀田が未希を連れ帰ったのは明白じゃないか」と助川。

大貫は目を丸くした。

「……堀田が手にかけたと？」

「その可能性を視野に入れるべきだと言っているんだ」

テーブル上で指を組み、乗りだすように言った助川に大貫はひるまなかった。

「マンションの防犯カメラに連れ込むのが映っていましたか？」

「いえ。外階段から連れ込んだものと思われます」

柴崎はすかさず言った。

「どうでしょうね」大貫はちらっと柴崎を見る。「二時十五分に銀行を出て、途中で笠原未希を自転車に乗せて自室に引き込み、そこで殺してから工務店に戻る……たったの四十五分のあいだに行えますかね」

「物理的には可能です」

柴崎はつけ足した。

「動機は？」大貫が声高に喰ってかかる。「堀田に笠原未希を殺す理由がありますか？」

「笠原智司と堀田江里の不倫関係は長らく続いていたようだが、この半年でかなり事情が変わったみたいだぞ」

助川が言い聞かせるように話すと柴崎を見た。

口を開きかけたものの坂元に制せられる。

「弱ったな」大貫は頭をかきながら言った。「以前、柴崎代理がお調べになった柏市在住の立花さんについてですけどね。水口が現在の会社に移って働いているのは去年のうちからご存じだったようですよ」

「大貫」助川は声を荒らげる。「水口を逮捕して以降、捜査はどれだけ進展しているんだ？」

大貫は目を吊《つ》り上げ、「十分な証拠を集めるために捜査を続行していますよ」

「わかりました」坂元がいらだちを見せながら髪を払った。「これだけ申し上げてもわかっていただけないようなら、笠原家関連の捜査は従来通り、綾瀬署が行います。それでよろしいですね？」

「ちょっと待ってください」浅井が大貫の方に向き直る。「大貫係長、いいのか？」

「ご随意に。うちはいっこうに構いませんよ」

ふっと横を向く。

「子どもひとりの証言だと軽んじるのもけっこうだがな」助川が深いため息をついて言った。「うちはうちで、ほかに掘り当てた事実もあるんだ。それをここで披露してもいいが、あとで一課は何をしていたと責められかねないぞ」

はじめて大貫は焦《あせ》りを見せた。

「捜査一課の揚げ足を取ろうとしているのではありません」坂元が言葉を継いだ。「われわれ警察はたとえどんな理由があろうとも、真実から目をそらしてはいけない。九十九パーセント、犯人に間違いないと思われる人間が目の前にいたとしても、残り一パーセントの可能性は確実に潰《つぶ》してゆくべきです。そうは思われませんか?」

大貫は即答できない様子で、坂元を見つめている。

「責任能力のない者の話だからと無視するのはたやすいですが、かりに事実だとすればとても重要な証言です。真偽を検証しなくてはなりません」坂元は毅然《きぜん》と言った。「みなさんの犯罪に対する取り組みを非難するつもりなど毛頭ありません。ですが、真相はひとつです。それを解明するためにわれわれ警察が存在しており、牽引《けんいん》するのはほかならぬあなた方捜査一課です。大貫さん、一課の実力を見せていただけませんか……」

坂元の大きな瞳《ひとみ》が潤《うる》んでいるように見えた。

加勢したくなったが、それすら寄せつけない凜《りん》とした表情だ。

大貫は黙り込み、胸算用をしているようだった。

その様子を坂元は黙って見つめている。

しばらくして、息をひとつ吐き、大貫は坂元と向き合った。

「考えが短絡的すぎたのかもしれません。いま一度、足元を見直してみなければならんですな」

そう言うと大貫は言葉を待った。

「わかりました。では協力して進めましょう」坂元は愁眉《しゅうび》を開くように言った。「まず工務課長の角谷を呼んで事情聴取してみませんか」

「それがいいと思います」

「どちらがやりますか?」

「おまかせします」

「では、うちでやります。事情聴取の結果をもとに、短時間で裏付け捜査を実施すべき局面です。お願いできますね?」

大貫は安心させるように浅井の足を軽く叩いた。「もちろん、やらせてもらいます。一気にケリをつけなければ」

水口を引致《いんち》している手前、迅速な捜査が必要なのだ。

「裏がとれ次第、関係者の事情聴取に入ってください。千葉県警にも伝えなければ。向こうがその気になったなら、合同捜査本部の設置も視野に入れましょう」

「心得ました」

大貫は青くこわばった表情で深々と頭を下げた。

その姿は捜査一課が綾瀬署の軍門に下ったというより、冤罪《えんざい》発生の一歩手前で踏みとどまれたのかもしれないという安堵感《あんどかん》を体現しているように見えた。

23

日曜日。午前七時三十五分。

両脇《わき》を捜査員にはさまれるかたちで、キルティングコートを羽織った堀田江里が泉コーポの正面玄関から現れた。ミニバンの後部座席に座らせる——柴崎と高野のあいだに。捜査員はクルマのドアの横で待機していた。

任意同行だと告げられた堀田は、コートの下にドット柄のルームウェアを着込んでいた。取り調べは長く続かず、すぐ帰されるだろうという出で立《いた》ちだ。首回りが露出していて寒そうに見える。

不安そうな堀田に朝早くて申し訳ないですねと柴崎は声をかけた。堀田はちょこんとうなずいただけだった。肩まで垂らしたセミロングの髪がぱさついている。化粧をしておらず、眉《まゆ》も描いていないので、目のあたりがさらに落ちくぼんで見えた。

「いくつかお伺いしたいことが出てきました」柴崎は短く言った。「よろしいですね？」

堀田は無言で前を見つめている。

「今年はあなたにとってどんな年になりそうですか」

はぐらかすような柴崎の言い回しに、堀田は少しだけ横を向き、

「……あ、ふつうの……年にしたいと思っていますけど」

とかすれた声で言った。

「きょう、こうして任意同行をお願いした理由はおわかりですか？」

高野が事務的な口調で横から声をかけたので、堀田はけだるげに首をそちらに曲げた。

柴崎は、あくまで雑談という口調で問いかけた。「十日金曜日の午後二時半、あなたはどちらにいましたか？」

「銀行って何度も言いましたけど」

あっさりと堀田は返した。

柴崎が綾瀬駅前の銀行名を口にすると、そこですと堀田は答えた。

「午後二時半ジャストですよ。おかしいな。防犯カメラには、あなたが午後二時十五分ちょうどに銀行から出て行くのが映っていますけどね」

「詳しい時間は覚えていません」

「支店の表に置いてあった自転車に乗ってあなたが走り去っていくのが表の防犯カメラに捉《とら》えられているんですけどね」

ふと堀田は顔を反対側にそむけた。

「そのあと、どちらに行かれました？」

今度は高野が訊いた。

「帰社しました」

高野が言った。「堀田さん、その前ですよ。午後二時半すこし前、あなたは工務店の近くで未希ちゃんと会い、自転車の後ろに乗せましたよね？」

堀田は首を横にふりながら、「いえ」と言った。顔を伏せ、それ以上の質問を拒否する。

しばらく様子を見守った。

「自転車に乗せて、このマンションに未希ちゃんを連れて来ましたよね」

高野が強く言ったものの、堀田は答えなかった。

一枚の写真を彼女の眼前に差し出す。

茶色い革手袋だ。黒っぽく汚れている。笠原未希の遺体発見現場近くで見つかったものだ。

手に取り、食い入るように堀田は見つめた。

「これ、あなたのものに間違いないね?」

柴崎は訊いた。

堀田は答えない。

「よく見て下さい」柴崎は言った。「一月十一日、あなた、これを使ったよね」

「知りません」

強い口調で堀田は言った。

手強そうだ。少し身を引いて高野に目配せする。

高野は物怖《ものお》じせずに、堀田の方を向いた。「あなたは三年前、いまの工務店に入ってまもなく智司社長とつきあうようになった」

堀田は眉根を寄せ、顔をしかめた。

「あなたが半年前まで住んでいたマンションの住民の中に、あなたと智司社長の仲を知っている住民がいますよ」高野は続ける。「あなたがそこのマンションに入居してから、智司社長が頻繁に訪ねてくるようになった。去年のいまごろは、三日とおかずに通ってきていたみたいですね」

「……それは」

堀田の声が震えた。

「泊まっていった日もあったみたいね」

言われて堀田は歯を食いしばった。

「わたしたちの勝手じゃない」

あっさり不倫を認めるような発言をする。

「工務店の従業員の中にもあなたと社長の仲を知っている人が二、三人はいた」

「それは……どうなのかな」

関心なさそうに堀田は言う。

「あなたと智司さんの関係は、どんどん深くなっていった。奥さんが子ども連れで留守をする日などは密会にうってつけだった」

高野が言うと、堀田は照れくさそうに伏目がちになった。

「以前住んでいたマンションは家賃が高いし、そこではあなたたちの関係も知られてしまったので、ここに住まいを変えさせた。そして、社長が勤務先も奥さんの目の届かない、いまの展示場に移した。間違いないですね？」

堀田はため息をつきながら、不服そうにうなずいた。

高野は少し口元をゆるめつつ柴崎を見た。

「ポケットマネーで、このマンションにこっそりとあなたを住まわせたようだけど」

高野は続ける。「肝心の智司さんの態度が変わってきたんじゃない？」

高野はそこまで言うと堀田の反応を窺《うかが》った。

それまでの突っ張ったような顔つきが一変した。高野の言ったことが当たっていたようだ。

「玄関にある防犯カメラの映像を二カ月分さかのぼって調べました」高野は言った。

「ここふた月のあいだに智司社長がやって来たのは三回ね」

「……ええ」

悔しさをにじませた顔で堀田は返した。

高野はしめたという表情をしている。

「悔しかったよね、あんなに夢中になってくれていたのに」高野は同情するように声をかける。「どうして、社長はつれなくなったのかしら?」

堀田は顔を強ばらせた。

「ごめんなさい。あなたには辛《つら》いところね」高野はやんわり続ける。「あなたへの愛情はなくなりかけていた。ひょっとしたら、もうなくなってしまっていたのかしら……あなたはやがて社長を憎らしく思うようになった。それがどうしようもないくらいの怒りにまでふくれあがる。その怒りはどこに向けられたのかしら……」

堀田は形のいい唇を噛《か》んでいる。ふと目を落とすと拳《こぶし》を握りしめていた。

「銀行から帰ってきたとき、公園の近くでばったり未希ちゃんと会った。その瞬間、あなたの頭に何が浮かんだ?」

堀田は首を縮こまらせ、きつい目で高野をふりかえった。「未希ちゃんと会ったって?」

「気づかなかった?」高野は言う。「将太くんが見ていたのよ」

「将太くんが?」穴の開くほど高野を見つめた。「あそこにいたの?」

「いたのよ。少し離れたところに。学校帰りで」

堀田はあれこれ考えるように視線を泳がせている。

「どこへ連れていったの？」

高野は問いかける。

「どこって……」

堀田は視線を外した。

「あなたがいま住んでいるここ――泉コーポに連れ込んだんでしょ？」

堀田は遠い目をしている。

「どうなの？　認めないの？」

強く言われると、まごついた表情で、

「ああ、それは」

とつぶやいた。

「未希ちゃんはもうこの世にはいないのよ」高野は慎重に言葉を選ぶ。「どうやって連れ込んだの？　正直に言って」

堀田は何も答えず、せわしなく手を動かす。

「おいしいお菓子があるからとか言って誘ったの？　そうこうしているうちに、やがてあなたの中で憎しみだけが膨らんでいったんじゃない？　未希ちゃんはあなたに何て言ったの？　気に障《さわ》ることを言われた？　それとも前から殺そうと思っていた？」

堀田は両掌《りょうて》を耳にかぶせて、激しく首を横にふる。

「未希ちゃんの細い首にスカーフを巻きつけて、一気に絞め上げた。未希ちゃんは何をされているのかわからなかった。でも、反射的にひどく抵抗した。それはそうよ、息ができないんだから。あなたも意外だったよね。ちっちゃな女の子にあれほど力があるなんて。爪《つめ》を立てて、ありったけの力で押さえ込んだ。とっても長い時間がかかったんじゃない？　やがて、未希ちゃんの体はぴくりとも動かなくなった。おとなの力にはかなわないものね……」

堀田は呆然《ぼうぜん》と首を折り曲げ、動かなくなった。否定する言葉は出なかった。

「どうしたらいいか、分からなくなった。冷たくなった未希ちゃんをとりあえず放置して、あなたはふらふらと工務店に戻った。発表会から従業員が帰ってきたので、定時に家に戻った。しばらくしたら、未希ちゃんが帰ってこないからみんなで捜そうと電話がかかってきて、あなたは仕方なく飛び出していった。工務店では角谷さんから指示された通りの場所を捜して午前零時にマンションに戻ってきた。遺体はクローゼットに入れておくしかなかった。……そういうことね？」

「連れてってないって」堀田は髪を振り乱し声を上げた。「未希ちゃんなんか連れて帰るもんですか」

「堀田さん、もう何もかもわかっているのよ」

「違う、違う」

だだをこねるように堀田は言い、首を横にふる。

「昨日から角谷さんを署に呼んで話を聞かせてもらっているわ。彼、未希ちゃんが行方不明になった金曜日の夜、将太くんからあなたが学校帰りに未希ちゃんを自転車に乗せていたという話を聞いているのよ」

堀田の顔がすっと青ざめた。

高野が続ける。「あなたは智司さんのご家族とは常に距離をおいていた。未希ちゃんは、よく事務所に下りてきて、従業員たちに遊んでもらっていたけど、あなたはいっさい、かかわらなかった。不倫関係にある男の子どもさんだからね。関わりあいたくないという気持ちはよくわかる。その一方で智司社長への思いはどんどん強くなっていった。あなたは智司さんの愛情を独り占めしたくなったのよ」

堀田の目が赤く腫《は》れ上がり、涙がにじんできた。

「発表会当日の午前中、事務所は準備で忙しかった。あなたが席をはずしたときに、従業員の中谷《なかたに》さんが智司社長に『堀田さんを連れていってあげたらどうですか?』と問いかけた。智司さんは即座に『あれはうちの人間じゃなくなるから』と冷淡に答えた。それをあなたはドアのところでこっそり耳にして、立ち尽くしていた。吉川さんが見ていたのよ」

高野はそこまで言って様子を見ている。吉川の名前を出したと同時に、堀田が体を前後に激しく揺らした。目から涙があふれ出ている。

「だって、うそばっかりなんだもん」それまでは大人の皮を被《かぶ》っていたかのように、堀田は子どもみたいにベソをかきだした。

柴崎はあらためて革手袋の写真を目の前に差し出した。

「これは未希ちゃんが埋められていた場所の近くに落ちていた」柴崎は言った。捜査一課による捜索で見つかったのだ。「あなたの指紋が付着している。あなたが使ったものに間違いないね？」

「……はい」ほとんど聞き取れない声で堀田は言った。

「あとは署で聞かせてください」高野がそっと堀田の背中に手を回した。あとはまかせてくださいという表情で、柴崎の顔を一瞥《いちべつ》し、こくりとうなずいた。

24

綾瀬署では笠原智司の取り調べが続いていた。堀田江里の引致から半日あとに、任意で呼び出したのだ。

柴崎は取調室のとなりにある監視室で、マジックミラー越しに、捜査一課の村木《むらき》警部補が智司と向き合っているのを見つめていた。村木は五十五歳になるベテランだ。長めに伸ばした白髪と丸顔からは人当たりがよさそうな印象を受けるが、目つきは鋭い。

取り調べがはじまって一時間経過しているが、堀田江里のようにすんなりとは進んでいなかった。

「何度も言うようだけど、あなた、工務課長の角谷さんから脅されていない？」

村木が気づかうように問いかける。

「だから、どうしてわたしが脅されなきゃいけないんですか？　聞かせてもらえる？」智司は堂々とアイコンタクトをとりながら答える。「二十年以上一緒に働いている人なんですよ」

一歩も引かない様子に隣の坂元が二度三度と首を横にふる。

「でも、今年度いっぱいにはやめさせるつもりなんでしょう？」

智司はむっとした顔で、

「誰がそんなこと言いました？」

「彼のわがままが度を超えているから？」

村木が質問を返す。

智司はようやく気がついたとばかりに、

「ああ、それを言いたかったわけ？　どうして、そんなことで警察に呼ばれなくちゃいけないのかなあ？　わたし、殺された娘の父親なんですよ。被害者なんだからさあ」

「智司さん、娘さんが行方不明になった翌朝、柏の立花喜久夫さんの携帯に電話してるよね？」

思いがけない問いかけだったらしく、智司は身を乗り出した。

「わたしが？　何だって？」

「工務店の従業員に貸与している携帯が五台あるでしょ。そのうちの一台からあなたがかけているんですよ。この通り」

一課は通信記録の捜査範囲を広げていたのだ。

村木から差し出された紙に智司は目を落とし、確認したとばかりに押し戻した。

「あなた、立花さんから頼まれて、五年前、水口文彦の支援グループに三十万円寄付したんだってね」

村木が問いかける。

智司は顔をそむけ、「そうだったかな」ととぼけた。

ふてぶてしい野郎だなと身を乗り出した助川を坂元が落ち着かせる。

「あなたのところには、半年に一度、支援グループの会報が届いていた。去年届けられた会報に、竹の塚にある共和運送の社長の手記が載っていたでしょ。それが頭に残っていたので、ひょっとして水口が足立区内に住んでいるのではないかと当たりをつけて、立花さんに尋ねた。あなたから電話をもらった立花さんは、念のため共和運送の太田垣社長に電話を入れて水口の現住所を確認し、折り返しあなたに水口の住所を教えた。——それで間違いないね？」

飄々《ひょうひょう》とした口調で村木が訊いたが、智司は一言も耳に入っていないかのように返事をしなかった。

「あなたは直後、立花から聞いていた水口の携帯に公衆電話から電話を入れた」村木が続ける。「別の会員の名前を騙《かた》って『いま、どこにいますか？』と尋ねた。すると、水口は金曜の夜から柏の実家に帰っていると答えた。しめたと思ったんじゃないか？」

罪をかぶせようとしている相手が柏にいるのだから、渡りに舟だと智司は考えたはずだ。

智司は落ち着かない様子で視線を動かす。

「問題はそのあとだぜ。このバッグ、見覚えあるな？」

村木は言葉遣いを変え、一枚の写真を智司に見せた。

水口の住んでいる都営アパートのゴミ置き場に置かれていたスポーツバッグだ。

村木は綾瀬駅前のショッピングセンター内の店名を口にした。「十二日日曜の午後三時、この店であんたが買っているところが防犯カメラに映っているんだよ」

智司はちらりと目をやったが、やはり無言のままだ。

「ちゃんと見ろよ。月曜日の朝、あんたはこのバッグを水口が住んでいる都営アパートのゴミ置き場に置いた」

「わたしが何をしたって？」

智司は逆らうように村木を見返した。

村木は予想していたように、「水口による犯行に見せかけるために、娘さんの髪の毛を入れたバッグを置いたんだ」と続ける。

「何だって？」

「女の子の髪の毛が二十本近く入っていてさ。どれも毛根が残っている。娘さんの頭から引き抜いたのはあんた自身だろ？　それどころか、歯まで抜いている」

「くくく——」智司は酷薄な笑みを浮かべた。「わたしが娘の髪の毛や歯を抜いたって？　冗談はやめてくれませんかね。ほんとうに、何を言い出すかと思えばまったく……」

「じゃあ、これはどうだ。未希ちゃんが行方不明になった翌日の十一日土曜の夜十一時十二分、笠原工務店名義の軽ワゴン車が北に走り、流山《ながれやま》街道をさらに北上して柏に向かっているのがNシステムに残っている」村木は辛抱強くナンバーが映り込んだクルマの写真を見せながら続ける。「笠原工務店の資材置き場に置いてある会社の軽ワゴン車をおまえが運転していったんだろ？」

「はあ？　どこに証拠がある？」

「週明けの月曜日、従業員が軽ワゴンのキーを探していて見つからなかったんだ。ずっとあんたが持っていたからだよ」

横に目を向ける。小首を傾《かし》げ、押し黙った智司を、坂元と助川が食い入るように見つめている。

「未希ちゃんを埋める予定の場所に向かって軽ワゴン車を走らせた。高速を使えば早いが、出入り口でナンバーを撮られてしまうというぐらいの知識はあるから、一般道を選んだわけだ」

Nシステムの詳細までは知らなかったのだろう。

智司は写真を覗《のぞ》き込んでいる。「どうしてわたしが」とつぶやくと、村木の顔を見上げた。

「角谷課長は証言してるぞ」村木は声を荒らげた。「未希ちゃんが行方不明になった晩、捜索活動中にあなたがこっそり抜け出して、堀田江里のマンションに出向いたと」

事件当夜、角谷は智司のあとをつけて堀田のマンションに入るのを見届けているのだ。

智司は目を丸くした。「角谷が？」

「昨日から呼んで、色々と話してもらっているよ」

智司はへつらうような笑みを浮かべ、「刑事さん」と口にした。「角谷がぜんぶ……しゃべったの？」

「ぜんぶって何のこと？」

「あ、だからね、それは……」

しきりと肩を揺らし、弁解がましく続ける。

「あんたも将太くんから聞いたんだろ。未希ちゃんが行方不明になる直前、堀田江里と一緒にいたのを」

智司は形勢不利だと悟ったらしく沈黙した。

「それを隠すために息子を警察官に対面させないようにしたんじゃないの？」

「それも……角谷が？」

「笠原智司さん、未希ちゃんが行方不明になったと聞いて、あんたすぐピンときたんじゃないか？　従業員総出で捜索活動をしていたとき、工務店の携帯から何度も堀田に電話を入れたが、彼女は出なかった。それで彼女に対する疑惑はますます深まったわけだ」

堀田にとって、智司は自分が手にかけたばかりの子どもの肉親だ。犯行直後だから、とても口はきけなかったのだろう。

智司は首に手をあて、痒《かゆ》いところを擦《こす》るようにしきりにかきはじめた。見守る助川が「いいかげんに吐いたらどうだ」と口にする。今度は坂元も、とがめなかった。

「堀田江里と関係を続けていたのは認めるね？」

智司は不服げな顔でうつむいた。

しばらくたってようやく「えっ？」とつぶやくように智司は返した。

「あの晩、堀田のマンションから帰ってきたあなたの態度を見て、角谷は未希ちゃんは堀田江里に殺されたと直感し、あなたを脅すようになった。そうだな？」

「それはさ……あのね」

まだシラを切るつもりか。

「まったく性根から腐り切った男だよ」

角谷と智司、どちらに対してもあてはまる言葉だ。

村木のこめかみが張りつめている。「笠原さん、あなた、土曜日の未明、堀田江里のマンションで何を見たんだ？」

智司は息を止め、口を引き結ぶ。

「いいかげんに認めたらどうだ。何もかもわかってるんだ」

「だから、堀田とか脅迫とか言われてもですよ……」

言葉尻《ことばじり》がかすれてゆく。

「堀田の部屋に入って、様子がおかしいのに気づいた。堀田を問いつめクローゼットの中で横たわっていた未希ちゃんの遺体を見つけた」

急所を突かれたように智司の体が縮こまる。

「毛布で覆われていただけだったな。娘の遺体を見て、あんたは何を思ったんだ？　目の前にいる殺人犯にどう呼びかけた？　怒りや絶望は覚えなかったのか？」

智司の顔がひきつった。

村木が続ける。「それとも万事休すと思ったか？」

喉《のど》に何かつまっているかのように智司は唾《つば》を呑《の》み込んだ。

「堀田は当初ひと言も口をきかなかったそうだな。ひょっとしてあの女は、殺したのは、あなたのせいだぐらい思っていたんじゃないか？」村木が言う。「あなたがわたしに冷たくしたせいで、こんなになっちゃったって。笠原さん、あんた娘の遺体をほったらかして逃げだそうとしたんだってな」

キッと智司は村木を睨《にら》みつけた。「逃げるとかそんなんじゃないよ」

「おいおい、一度はあわてて飛び出したんだろ」

「あいつがやったくせに」智司はふと洩《も》らした。「警察呼ぶなって言うから」

「言ってることが違うな。堀田は一緒に逃げてくれって懇願したそうだぞ」

智司は渋い表情で小さく首を横にふった。

村木は値踏みするように言葉をかける。「死体を埋めに行こうって言ったんじゃないか……」

見えない風にでもあおられたように、智司は顔をのけぞらせた。

「きょう一日、遺体はここに置いておき、夜になったら、埋めに行こう、と」村木は続ける。「とまどう堀田に、『五年前、柏で女の子を殺した水口という男を知らないか』とあなたは問いかけた。面食らったものの、堀田は聞いたことはあると答えた。『やつはこの近くに住んでいる。柏市内の雑木林にでも埋めて、やつの犯行に見せかけるために細工をしよう』。堀田は神妙に聞き入ってたそうじゃないか。聞き終えると、臭《にお》うといけないから、お香を焚きますと積極的に同調したそうだな」

智司は息がつまったように苦悶《くもん》の表情を浮かべた。

支援グループに関わっていたとき、水口の履歴のみならず、橋本玲奈事件について、歯の欠損も含めてすべて聞かされていたのだ。

「堀田の返事を聞いて、これならやり通せると自信を持った。殺害時から丸一昼夜おいた土曜日の夜十時半、あなたは捜しに行くと言って、ひとりで自宅を出て、軽ワゴン車で堀田のマンションに赴いた。そこで未希ちゃんの髪の毛と歯を抜いてから毛布で遺体を包《くる》んで堀田とともに柏に出向いた。そして、昼間調べて決めておいた雑木林に、娘の亡骸《なきがら》を土中深く埋めた……」

村木はゆっくり語りかけた。

笠原智司は両手を握りしめ、うつむいている。

「月曜日の朝、買ったバッグに娘さんの髪の毛を入れて、水口のアパートのゴミ置き場に捨てた」村木が続ける。「歯を抜いたのも含めて、すべて水口の仕業に見せかけるためだ。それで間違いないね？」

智司は図星をさされて顔をそむけた。

「娘さんを埋めた場所は雑木林の奥だし、気づかれることはないと思ったんだろうな」

その様子を不審に思った住民がいたのだ。

智司はきょろきょろあたりを窺った。どこかに、言い逃れできる道筋がないか、考えるような顔つきだ。媚《こ》びるような目で村木を見つめ、小声で切り出した。「……あの、堀田が言ったの？」

村木は唇を嚙《か》みしめ大きくうなずいた。「もちろんだ。すべて包み隠さず話したぞ」

遺体を埋めた現場近くで堀田江里の革手袋が見つかった件、現場のタイヤ痕《こん》が笠原工務店の軽ワゴン車と完全に一致した件などを伝える。

「どうだ？　認めるな」

坂元と助川が固唾《かたず》を呑んで見ている。

村木が訊くと、智司はため息をついて、不承不承うなずいた。落ちた、と思った。

村木も肩の荷が下りたような表情で相手を見つめている。

「しかし、おれには理解できん」村木は改めて訊いた。「我が子が殺されて、あんた、平気だったのか？」

「そんなことないですよ。これまでさんざん可愛《かわい》がってきたんだから」智司が言う。「でも、あんな形で見つかったら、どうです、刑事さん？　それこそ大恥かくじゃないですか」

子どものせいだと言わんばかりの態度が信じられなかった。

村木は智司の顔に見入っている。「世間体を気にして自分の子どもの遺体を山の中に埋めたのか？」

言わずもがなという様子で、智司は「こんなことが知れたら、これまでの暮らしが崩壊しちゃうし」と言い放った。

「おまえさぁ」村木は呆《あき》れたように声をかけた。「あの子の親なんだろ」

「だって、起きちゃったことは仕方ないじゃないですか」智司は続ける。「殺したのはおれじゃないんですよ」

ふてくされたような顔でそう言い捨てると、脱力したように体を弛緩《しかん》させた。まじまじとその顔を見つめる。どこかさっぱりしたような様子にも見え、薄ら寒いものが背筋に這《は》い上ってくる。

ばんと音をたてて、助川が椅子を蹴《け》るように立ち上がった。こめかみの血管が浮き上がっている。驚いて坂元が身を引いた。これ以上、何も聞きたくないという顔で助川は退室し、続いて坂元も見下げ果てたというような面持ちで部屋から出ていった。

25

その晩は早めに帰宅できた。七時を回っていたが、雪乃と長男の克己は夕食の膳《ぜん》に箸《はし》をつけずに待っていてくれた。甘鯛《あまだい》の一夜干や水菜のサラダをつきながら、とりあえず冷えたビールで喉を潤《うるお》す。雪乃はさっとフライパンで和牛ステーキを焼き、皿にのせて食卓に差し出してくれた。

「とりあえず、事件解決おめでとう」

いつもの席に着き、コップにビールを注いで顔の前でかかげてから、口にもっていった。

「よくわかったな」

「あなたの顔を見ればわかるわよ」

「……そうか」

雪乃も今回の事件は気になっていたらしく、折々、経過について話していたのだ。

「女署長さんもやるじゃない」

「ああ」

必ずしも彼女の手柄ではないが、ともすれば偏《かたよ》りがちになる捜査活動に一定の歯止めをかけたのは確かだ。

つい二時間前まで、マジックミラー越しに見ていた笠原智司の顔が脳裏に張りついて離れなかった。不倫相手の男に執着した女が相手の子どもを手にかけるのはまだ理解できなくはないが、父親が世間体を気にして我が子の遺体の隠蔽《いんぺい》工作を指示するなど、聞いたことがない。人は血を分けた我が子に対してそこまで冷淡になりうるものだろうか。

「どうしたの？　お肉食べないの？」

言われて、切り分けられたひとつにフォークを刺す。

「変ね。まだ何か足りないような顔してる」

笠原智司の供述内容をかいつまんで話した。息子も真剣な顔で聞いている。

案の定、雪乃は、

「我が身可愛さというか……ほんとは子どもを愛していなかったのね」

と洩らした。

「我が身可愛さか……」

無残に命を奪われ、親の手で土中に埋められてゆく中で未希は何を思っただろう。

ふと克己に目をやる。

「そこがわからなくてさ」

「わかったらおしまいよ。ね、克己」

うんうんとうなずく。

「社長の顔を見ていると、何かこう、おれたちとは違う生き物なんじゃないかって思えてきてな」

「自分の子どもを手にかける親だっているんだし」水菜を嚙《か》む。「とっさに奥さんとか会社の従業員たちの顔が浮かんだのかもしれない」

「そういう話じゃないんじゃないか」

自分ひとりしか見えていなかったのではないか。

せっかくの料理が台無しになると思って、「うちは大丈夫だよな?」と冗談半分で口にする。

「わからないわよ、ね」雪乃は克己に声をかける。「お父さんが浮気したら黙っちゃいないから」

「はいはい」

肉を口に放り込む。

「未希ちゃんのお母さんはどうなの? 娘さんが従業員に殺されただけでなく旦那《だんな》さんがその始末に荷担したわけなんでしょ」

「ああ、二重のショックで倒れて入院してしまった」

「そう……」

従業員として接していた女が夫の不倫相手となっており、さらには愛娘《まなむすめ》を殺害。夫は夫で被害者の父を演じ続けながら、偽装工作を主導していた。自らが修羅の道を歩んでいたことに気づかされたのだ。佳子の心情を想像することさえ難しい。被害者対応も仕事の内といっても、きょう以降は簡単に援助の手を差し伸べることもできない。

「水口はどうなの?」

「ここ二、三日、供述に変化が出てきたらしくてな。枕元《まくらもと》に女の子が立つとか、どうとか」

「玲奈ちゃん？」

「ほかにないだろ」

「じゃあ、落ちる寸前ね」

「だといいがな」

水口は水口で、罪の意識にずっとさいなまれていたのだろう。このまま順調に推移すれば、水口の身柄を千葉県警に引き渡せる日も遠くないかもしれない。未希ちゃんの事件がなければ、裁かれることなく生涯を終えていただろうが。

「日曜出勤が続いていたけど、もう終わりね？」

「うん」

「まったく、刑事でもないのに人使いが荒いんだから」

今回は仕方ないだろうと思ったが、口にはしないで、揚げ出し豆腐に手をつける。

「そうだよ。通勤にすごく時間がかかるのにさ」

ご飯をかきこんでいた克己が口をはさんだ。

「まあな。事件が起きりゃ、泊まり込みになるし」

言いながら、珍しく会話に乗ってきた克己の顔を見やる。

「親父《おやじ》は警部なんだから仕方ないと思うけど」

「言ってくれるな」

克己の頭を擦《こす》ると、ぱっとはねのけられた。

「少しは評価につながったかしら」ぽつりと雪乃が言う。「いつまでもあそこにいたら干涸《ひから》びちゃうから」

「早く本部に戻れって言いたい?」柴崎は言った。「広報課でも戻った方がよかったかなあ」

「早めに異動しないと、それこそ本当に刑事にされちゃうわよ」

ドキリとした。

「勘弁してもらいたいよ」

「このままじゃどうかな。父さんの代わりは見つかりそう?」

これまで後ろ盾になってくれた山路直武《なおたけ》はノンキャリアながら方面本部長まで登りつめた警官だった。その山路と同じように引き立ててくれる人間を見つけるには、まだ時間がかかりそうだ。署長の坂元も候補に浮かんだが、坂元は坂元で自らの身の処し方を考えるだけで精一杯のような気もする。

かといって、いつまでも待ってばかりではいられない。

事件ならともかく、警務の仕事について、あれこれ話しても息子にはピンとこないだろうし面白くもないのだろう。話しているあいだに克己はご飯を平らげ、食卓を離れていった。

26

一月三十一日。夕方。

月末を迎えて、署内は慌《あわ》ただしさを増していた。年度内予算消化のための物品購入リストの作成に加え、三月の退職者に関わる諸手続も始まり、警務課は繁忙を極めていた。再就職先の決まっていない職員のヒヤリングをどうにか定時で終える。

机には先ほど預ったＤＶＤがある。

殺人容疑で逮捕された堀田江里は、女性専用の留置施設がある北区の西が丘分室に収監されている。その堀田を高野が取り調べている録画映像が収められているのだ。

勾留《こうりゆう》三日目を迎えているが、堀田江里は当初より素直に供述を始めていて、昨日から取り調べは午後だけになっている。死体遺棄と犯人隠匿《いんとく》容疑で逮捕された笠原智司もほぼすべての罪状を認めていた。一方、角谷は恐喝容疑で逮捕され、初日こそ容疑を否認したものの、一晩留置場で過ごしてから人が変わったように罪状を認めだした。そうした状況もあり、いまさら取り調べの模様を見る気にもなれなかった。

署長室から坂元と助川が現れた。代理もお願いしますと坂元から声をかけられ、従った。エレベーターに乗ると、助川は無言で四階のボタンを押す。どちらも改まった顔付きで会話も交わさないのが奇妙だった。

四階に着いて扉が開いた。捜査一課の大貫が待ち構えていて、捜査本部となっている講堂に案内された。

捜査員の姿はまばらだ。刑事課長の浅井がやって来て横につく。

スチール机が並んだデスク席の手前で、スーツ姿の男がふたり並んでパイプ椅子に座っている。驚いた。千葉県警の辻本捜査一課管理官と柏署の平岡刑事課長だ。ふたりは立ち上がり、歩み寄ってきた。

浅井が綾瀬署の署長と副署長を紹介し、そのあと辻本と平岡の職氏名を口にした。それがすむと、ふたりは同時に深々と頭を下げた。

「先日は失礼致しました」

顔を上げた辻本が、かしこまった表情で言った。

「戸上県警本部長のご指示で見えられました」

脇《わき》から大貫が形式張って口にする。

「それはご苦労様です」

感情を押し殺したように、坂元が答えて会釈《えしやく》した。

助川は半歩後ろに立ち、厳しい顔で見つめている。

通常の勤務時間帯を避けて来たのは、まだ正式な合同捜査本部が立ち上がっていないからなのだろう。

「くれぐれも、こちらの捜査には協力するようにと申しつかって参りました」

背筋をピンと伸ばして辻本が口にした。

「ありがたく承ります」坂元が言う。「本署としても千葉県警の皆様にできるかぎり協力したいと考えておりました」

「ありがとうございます」

辻本はまた頭を下げた。

「敷居が高かったんじゃない?」ややくだけた調子で助川が声をかける。「こっちも同じだったですがね」

「申し訳ありません」

硬い表情を崩さない。

「そうかしこまるなよ。警官同士じゃないか。これからは、お互い連携してやっていこうじゃないの」

やや肩の荷が下りたようで、辻本は口の端に薄く笑みを浮かべた。

浅井と大貫がパイプ椅子を広げて、七人分の車座を作った。

ぎこちない様子で腰掛けた辻本に、

「取り調べについては聞いた?」

と助川が声をかけた。

「はい、堀田江里、笠原智司両名は、ほとんどうたったと大貫係長から伺いました。まずは何よりです」

と辻本は大貫をちらっと見ながら、二度三度とうなずいた。

「ここまで苦労したからね。水口のほうもぼちぼちだろ?」

助川に訊かれた大貫が恐縮しながら、

「はい、本日無事に勾留延長できました」

「うちはもう、玲奈ちゃん事件をがんがん当てているからね」

助川のくだけた口調にもかかわらず、水口の名前が出たので、辻本と平岡はふたたび表情を強《こわ》ばらせた。

「失礼ですけど、玲奈ちゃん事件について、そちらのご対応はいかがですか？」

坂元があいだに入った。

「は、いつでも再捜査を本格化できるよう態勢を整え直し、現場の聞き込みと捜索に邁進《まいしん》しています」

「それは心強い」助川が言う。「うちと一緒に現場を掘り返してくれているんだって？」

「上からも指示がありましたので」辻本が言った。「水口についたのは国選弁護人だそうですね」

「ああ」

五年前の橋本玲奈殺人事件の弁護士ではないのだ。

助川は大貫を見た。「玲奈ちゃん事件に関連して、水口が面白いことを口にしているらしいじゃないか？」

「ええ」大貫は待ちかねたように身を乗り出した。「玲奈ちゃんの死体発見時、右上顎側切歯《じょうがくそくせつし》がなくなっていましたが、どうも、水口が無理やり引っこ抜いたわけじゃないようなんですよ」

「本人がそう言ったそうですね？」

辻本が目を光らせ、がっしりした体を大貫に向けた。

驚いた様子もなく、すでに知らされている顔だ。

「二日前に。玲奈ちゃんの名前を出したわけじゃなくて、こっちのヤマを取り調べていた最中でした。うちの取調官が『未希ちゃんの歯も記念のために引っこ抜いたんだな』と当てたら、やつがぽろりと『それはおれじゃない』って洩らしたんです」

辻本と平岡はじっと聞き入っている。

「……じゃ、玲奈ちゃん殺しを認めたのも同然じゃないですか」

坂元が目を光らせて言う。

未希ちゃん殺しの罪まで着せられるのが怖くて、とっさに口にしたのかもしれない。

にこやかにうなずいた大貫に坂元が問いかけた。「玲奈ちゃんの場合、水口は右上二番の歯が抜けていたのは認めたけど、水口が自ら抜いたかどうかは、不明だったはずですが」

「そうでした」辻本が割り込んだ。「そのすぐあと、否認に転じましたから」

「絞殺《こうさつ》されたとき、玲奈ちゃんの口元から首にかけて、多くの傷ができましたが、このとき歯にも力がかかって、犯行現場に抜け落ちたと思われます」大貫が言った。

「七歳の子どもです。乳歯の生え変わりの時期に重なっていたはずです」

大貫は右横にいる辻本の横顔を見た。

それに促されるように、辻本が口を開く。「玲奈ちゃんの場合、生え変わりがまだ始まっていなくて、われわれもその可能性を考慮に入れていなかったのは確かです」

呆気《あっけ》にとられたような顔で坂元は大貫と辻本の顔を見ている。

大貫は続ける。「うちの取調官が突っ込んだら、『ぽろっと口から出てきた』と洩らしまして。その歯、どうしたのと尋ねたところ、『地面に落ちたんで思い切り踏んづけた』と答えました」

助川のため息が聞こえた。

生え変わりのために、歯が抜け落ちたとは――。

「あの、それはつまり」柴崎はつい口にした。「玲奈ちゃん殺しの犯人が水口だとすると、やつは無理やり引っこ抜いたのではなく、歯が自然に落ちた可能性が出てきたわけですね？」

「そう思われます」

辻本が背もたれから身を離して答える。

「ちょっと待ってください」坂元が大貫と向かい合う辻本の方に手を伸ばしかけた。

「歯は見つかっていないですよね」

「その情報を元に、昨日から殺害現場一帯を掘り起こしていますが、いまのところ見つかっていません。捜索場所が広くて、全面、落ち葉で覆《おお》われているものですから」

「五年前には探さなかったのですか？」

疑念に満ちた顔で坂元が問いかける。

「いちおうは探しましたが、水口の実家の捜索に時間をかけてしまって」

「記念に持ち帰ったという仮説があったからか……」坂元が期待のこもった顔で辻本を見る。「でも、今回見つかった場合、水口が犯人だったのを裏付ける有力な証拠になりますね？」

「そうなるはずです」辻本がやや緊張した面持ちで引き取った。「つきましては、今後の方針についてご相談したく思っているのですが」

助川がにやりと笑みを浮かべた。「そうだな、いつまでもうちで預かっているわけにはいかないな」

ここまで機が熟してきた以上、千葉県警は橋本玲奈殺害事件の全容を解明すべく、一日でも早く水口の身柄を譲り受けたいはずだ。

「強制わいせつ容疑の立件の目処《めど》がついた段階で、検事同士で話し合ってもらう。それに従って、粛々と身柄をそっちに移す。そういうことでいいか？」

助川が水を向けると、辻本は安堵したように鼻で息を深く吸い込んだ。強制わいせつ容疑をしっかり固めたのち、千葉県警により、橋本玲奈殺害容疑で再逮捕という手続きを踏むだろう。

坂元に助川が声をかける。「署長、きょうのところはこれくらいにして、くわしい話は現場担当者同士でやってもらおうじゃないですか」

少し考えた末に坂元は、シャツの裾《すそ》をつかんで整えた。「そうですね」短く言い、椅子から腰を上げる。

それに続いた助川が辻本に声をかける。「夕食まだなんでしょ？」

「あ、はい」

辻本が答える。

「これから、うちの刑事課の連中と一杯やっていきなさいよ」

ためらうように近づいてきた大貫にも、「いいだろ」と声をかける。

横目で見ていた坂元が、

「辻本さん、是非、そうなさってください。お互い胸襟《きょうきん》を開いて前に進む、いい機会じゃないですか」

「そうだよ。メシ代はうちのほうで持たせてもらうから」

助川の言葉に浅井が何度もうなずいた。

ようやく打ち解けた雰囲気になった。それからしばらく、捜査についての意見交換が活発に行われ、捜査員たちは連れ立って署を出て行った。

六時に近くなり、坂元らとともに柴崎は一階に下りた。

席について帰り支度をしていると、またＤＶＤが目にとまった。

ノートパソコンにＤＶＤを挿入してみた。

長い髪を整えてさっぱりした顔の堀田江里が映っている。素顔だが目元はくっきりとしていて、唇もふくよかだった。改めて見ると美人に思える。笠原未希をマンションに連れ帰る直前の心情を訊かれていた。

「たまたま、銀行の帰りに未希ちゃんと会ったと言っていましたけど、ほんとうはどうなの？」高野が問いかける。「待ち伏せしていたんじゃないの？」

堀田の表情に変化はない。取り調べにも慣れてきたらしく、「まだわたしが計画的に未希ちゃんを連れ出そうとしたって思っているんですか？」と逆に訊いてくる。

「未希ちゃんと出会ったのは公園の近くの道でしょ。人はいなかったの？」

「人……」意味ありげにつぶやく。「ああ、いましたよ」

「どんな人がいたの？」

「未希ちゃん、公園から道に飛び出してきたの。びっくりしちゃった」

柴崎は耳をそばだてた。これまで聞いたことのない証言だ。

高野も驚いた様子で、手元の地図を広げ、どのあたりでと問い返した。

「このあたりだったかな」

それに手を当てて堀田が答えた。

「中央通りにかかる歩道橋の南側ね？」

高野の声が少し上ずっている。

「うん、そこで」

「それですぐに自転車に乗せたの？」

「だって、あの子、ビクビクしちゃって。怖いおじさんがいるからって、自分から乗せてって言ってきたんだから」

高野が目を丸くしたまま、ぎこちなく頭をのけぞらせた。

背中に氷の塊を当てられたようにぞくりとした。この女は何を言いたいのだ——。

「怖い人って……だれ？」

ようやく高野は口にする。

「舟遊びしてたら、枯れ葉をたくさん持ってきてくれた人がいて、手を握られそうになったとか言っていた」

学童のあいだでは、せせらぎで、枯れ葉を舟に見立てた遊びが流行《はや》っている。

その枯れ葉を持って近づいてきた人間がいる？

堀田は視線を下に向け、しきりと手を擦り合わせた。「自転車を走らせようとしたとき、視線に気づいて振り返ったら、あいつが立っていた」

「あいつって？」

堀田は面白がっているような目つきで高野を見た。「後でわかったけど、水口」

「えっ、水口？」

言うと高野は唾を飲み込んだ。

薄ら笑いを浮かべ、堀田は高野を見つめている。

「水口から……逃れるために、未希ちゃんはあなたに頼ったというの？」

その言葉は途切れ途切れに高野の口から洩れた。

「かもしれない」

なじるように高野は口にする。「どうしてこれまで黙っていたのよ？」

「だって、聞かれなかったから」

あっさりと堀田は口にした。

あの時刻に水口が公園を訪れていなければ、笠原未希は何事もなく普通の暮らしを送っていた？　いや、堀田の許《もと》に逃げなければ、水口の毒牙《どくが》にかかっていたのかもしれない。前に雪乃が洩らした「ほんとうに未希ちゃんて、運が悪いわね」という言葉が頭の中でこだました。

高野も放心したような表情でしばらく手元のノートに書き込みを行うと、改めてマンションに着いてから、未希殺害に至った流れをなぞった。

「だって、あの子、泣き出したりするから」

これまでと同じ供述を堀田はくり返す。

「前から殺してやろうと考えていたんじゃないの？」高野が怯《ひる》まずに訊く。

「だから、言ってるじゃないですか。そんなことこれっぽっちも考えていなかったって。でも」堀田は首を傾げる。「智司さんを困らせてやろうという気持はなくもなかったかな」

「いま何て言ったの？」すかさず高野が訊き返す。「未希ちゃんを誘拐して笠原を困らせて、仕返ししようって思っていた？」

「誘拐なんて……思いもしませんよ」

堀田は悪びれもせず答える。

「殺すつもりで連れて帰って来たわけでもないの？」

「もちろん」

「あなたのマンションに連れていったのは、あの日がはじめてよね？」

マンションの聞き込みなどで、それまで未希を見た住民はいないのだ。

「はじめてでした。家に上がってすぐ、テレビ台の上にのっていた革手袋を見られてしまって、『これ、お父さんのだ』って言われて……。わたしとお揃《そろ》いのやつなんだけど。このまま帰したら、奥さんに関係がバレてしまうと思った。もうそのあとは……自分が自分でなくなってしまって……」堀田は形のいい指をそろえて両手で顔を覆った。「ほんとうに、ほんとうに、ごめんなさい」その場で頭を下げる。

そうか、と思った。家宅捜索で男物の手袋を発見した。上等な革製のものだ。未希はそれに気づいてしまったのだ。

高野は手元のファイルをめくった。

「あなたは会社で未希ちゃんを避けていたみたいだけど、憎らしく思うときがあったの？」

「そんなことないですよ」ふと思い出したように堀田は続ける。「でも、笑い方……奥さんと似ていたのよね。気に入らないことがあると口をすぼめるところなんかも」

「そう……」このあたりでいいだろうという面持ちで高野は口調を改める。「じゃあ、もう一度、最初に戻って笠原とのなれそめから訊きますね」

堀田は両手を膝において座り直した。またですかという顔をしている。

新たな証言が出てきたのだから当然だった。

「工務店で働き出した最初の二、三カ月は、一生懸命仕事に励んでいたのよね」高野が言う。「社長の下心にはうすうす気がついていたんじゃない？」

堀田は意外そうな顔で、

「そんなことなかったですよ。とくに意識するようなことはなかったかな」

「まあ、いいでしょう」高野が言い方を改める。「三年前の八月、北千住駅前のショッピングセンター屋上のビアガーデンで行われた暑気払いパーティが終わって、たまたまふたりきりで駅に向かって歩いていたとき、後ろから歩いてきた笠原が冗談半分、『最近のラブホテルに行ったことはあるか？』と声をかけた。あなたは酔った勢いもあって、『ないけど面白そう』と答えた。それが肉体関係を持つきっかけになったのね？」

「あ、まあ」

やや、ばつが悪そうだ。

ふたりでバーで飲み直したあと、タクシーで近くのラブホテルに向かったのだ。

「初めて肉体関係を持ったとき、どう思ったの？」

「もともと頼りがいのある社長だと思ってたけど、魅力的な人なんだなって。こんなに長く続くとは思わなかった」

「でも、結果的に続いたわよね」

堀田は伏し目がちに高野を見る。

高野は供述調書に目を落とした。「笠原は注意深くて、最初のうちは、高速で八潮《やしお》インターまで走り、近くのラブホテルを使った。駐車場に入るときも助手席にいるあなたの頭を低くさせた。入社半年後に笠原工務店名義で借りたマンションに入居してからは、愛人として本格的につきあいだした。慣れてくると、佳子さんが子どもを連れて遊びに行っているあいだに、あなたのマンションに入り浸ったりした。ふたりして表通りを歩くことはほとんどなかった……」

「そうだった」

やや不満げに口にした。

「たびたびブレスレットや指輪をプレゼントしてくれたけど、会社では絶対に身に付けるなと言われていた。……どう？　うれしかった？」

「それは、うれしかったですよ」

さほど感慨を覚えない様子で堀田は答える。

「ひとつ訊いていいかしら」高野が言いづらそうに口を開く。「笠原とあなたって年齢が倍も離れているでしょ？　かつて同年代の人とつきあったこともあったそうじゃない。その人とはどうだったの？」

「つきあうというところまでは行ってないです。デートしていても、ぐずぐずしちゃって」

「相手が？」

「いえ、わたしです。ちょっと怖いっていうか、相手を警戒してしまって」

「かえって、歳《とし》が離れていたからよかったのかな。……心の底から社長を愛していたと言える？」

「……けっこう歳がいっているし、しばらくはすごく好きっていうわけじゃなかったかもしれない」ちょんと口を尖《とが》らせ、澄まし顔で言ってから、体じゅうにくすぐったい思いがこみ上げてくるようなそぶりで、「そのうちに気になって、どうしようもなくなって」とつけ足す。

高野は冷めた感じで調書に目を落とす。「笠原には奥さんと別れる気は一切なかった。そんな本音にあなたはいつしか気づいて、社長にたびたび詰め寄るようになった。でもそのたび、笠原からおまえといずれ一緒になるからって言われて関係を続けたわけね?」

悔しそうに唇を曲げた。「だって、ほんとに結婚してくれると思っていたんだもの……」

そのときを思い出したように、堀田は黙り込んだ。

「それを信用したの?」

「だって、智司さんの家は自営業で子どものころから親にかまってもらえなかったし、わたしもそうだった。寂しい生い立ちをわかってあげられたし、あの人だって、同じような思いでつきあっていたはずだから」

「似たもの同士というわけね」ため息をひとつついて高野は続ける。「でも、笠原の心はあなたの想《おも》いと反比例するようにだんだん冷めていった。面倒になってきたのかもしれない。それにはあなたも気がついていたんじゃない?」

堀田は髪で目元を覆った。

「会社は業績もよくて四月には増資もする予定だった。奥さんの内助の功があったからこそ、ここまで来られたというのは、あなただって認めざるを得ないわね」

堀田は両手で髪を払いのけ、高野を睨みつけた。

「この半年、わたしがどれくらい住宅展示場で働いてたかわかる?」飛び出しそうなほど目を見開いた。「来る人来る人に建売住宅のパンフレットを見せて、丁寧に説明して、お礼の手紙も送ったし、うちの会社以外のモデルハウスに入った人の名前と住所を聞き出して、毎日毎日宣伝のチラシを送り続けた。この前の建売住宅の五戸の成約は、このわたしが取りつけたのよ」

ひと息に言うと顔を横に向けた。

「なるほど」高野は流し気味に言った。「話を元に戻します。奥さんが笠原にはなくてはならない存在だというのに気づいて、あなたは少しずつ不満を募らせて……」

堀田はふいに手を伸ばし、高野の言葉を遮った。

「今月十日の金曜日の午前中、発表会の前」堀田は早口でまくし立てた。「あいつ、わたしのところにやってきて、『そろそろ終わりにしような』って耳元で囁《ささや》いたの。どう? これで満足?」

挑むような視線で訊いてくる。

「あ……そう」面食らったように高野は言う。「けっきょく、笠原はあなたではなく、奥さんといまの暮らしを選んだわけよね」

堀田は肩を落とし、うつむいた。

智司としてはけじめをつける意味で別れようと切り出したのだ。しかしそれは、あまりにも愛人にとって一方的すぎた……。

「きょうの最後の質問になるけど」高野は調書をめくる。「未希ちゃんを殺害した晩、あなたは、笠原から未希ちゃんの死体を埋めに行こうと持ちかけられたけど、そのときどう思った？」

ふいに堀田の顔が曇った。

「わたしをかばってくれているって……」

この期《ご》に及んでまだ、この女は笠原を信じている。

「あなたのことをかばったんじゃない」強い口調で高野は言った。「笠原は世間体を考えて命令しただけなのよ。わかってるわよね、あなただって」

「それは」

言うなり、堀田は自らの肩を抱きしめた。

「ねえ、江里さん」軽く高野は身を乗り出した。「あなたは笠原から、適当に甘い言葉をかけられながら、三年間もてあそばれてきただけなんじゃないの？」

「それだけじゃ……」

下を向いたまま、小刻みに顔を動かす。

「あなたは九歳の女の子を殺害した」高野は落ち着いた口調で言った。「その事実を認めますね？」

顔を上げながら、堀田は高野と視線を合わせた。救いを求めるような様子で、こっくりとうなずく。

「……わかった。これからはしっかり罪と向き合ってね。わたしも力を貸すから」

堀田の手がボールペンを握っている高野の指に伸びる。

肩を震わせたかと思うと、堰《せき》を切ったように嗚咽《おえつ》が流れ出した。

「わ……わたし……」

言葉が切れ切れになる。

「わかった、わかったから」

顔を覆って泣き出した堀田に、高野が必死になって呼びかける。

ようやく、この女の本性が見えたと柴崎は思った。

ひどく疲れた思いだった。幼稚と言えば幼稚な女だった。

たちの悪い男と出会い、流れ着いた先がこんな場所になるとは、夢にも思わなかったに違いない。

停止ボタンを押し、ＤＶＤをゆっくりと取り出した。

27

翌朝。

警視庁刑事部長の北沢良則が署に姿を見せたのは朝の訓授が終わってすぐのことだった。受付にいた巡査が血相を変えて署長室に飛び込んだときには、すでに北沢はカウンターから執務スペースに入って来ていた。

柴崎はあわてて席を立ち、北沢に敬礼し、巡査と入れ替わりに署長室に導いた。

坂元も急いで机を離れる。

「ああ失敬、こっちに寄る用事があったものだから」

「そうですか、それはどうも」

と坂元がソファをすすめると、北沢は自分の家にいるように、リラックスした表情で腰を落ち着けた。

「お疲れ様です」

助川も緊張した面持ちでソファの横でお辞儀をした。

「こっちの区長と、十時に会う予定だったんだけど、急用が入ったらしくて、一時間ほど繰り延べになったんだよ」

三人に席に着くように促す。

北沢の向かいに坂元と助川が並んで座り、柴崎は警務課の女子職員にお茶を頼むと、ソファの横にパイプ椅子を運んでもらった。

「わたしも時々会いますけど、お忙しい方ですから」

「そうみたいだな。この夏、東京武道館で警察犬なんかも動員させるかたちで、足立区犯罪撲滅キャンペーンみたいのをやりたいらしくて、それで声がかかった」

坂元はようやく安心したように笑みを浮かべた。「それはいいですね」

「ついては鑑識課長に声をかけたんだけど、なかなかウンって言ってくれなくてさ」

「ああ、富田《とみた》さんですね」

助川が言ったので、北沢は援軍を得たとばかり、

「副署長は知ってるよね。きみからも頼んでもらえないかな」

「喜んでお手伝いさせてもらいます」

機嫌よさそうに助川は答えた。

お茶を運んできた女子職員とともに、浅井と八木が緊張した面持ちで入室してきた。

柴崎は浅井に席を譲り、八木とともにソファの横に立った。

女子職員が出ていったところで、坂元は足をそろえ、背筋を伸ばして北沢に一礼した。

「今回はいろいろとご心配をおかけして申し訳ありませんでした」

北沢は手をふりながら、

「いや、こっちこそだよ。署長の尽力がなかったら、お宮入りかもしれなかったからね」

坂元が首を横にふり、

「いえいえ、捜査一課をはじめ、皆様方のおかげですから」

「一課の連中は張り切って水口を突いてるぞ。何でも取り調べ担当者が、未希ちゃんも狙《ねら》っていたんじゃないかと当てたら、『あの子はおれの好みじゃないから』なんて抜かしやがったそうだが」

「そうなんですか……」

坂元が言葉を呑《の》み込んだ。

笠原未希の事件について、水口はあくまで自分は無関係だと言いたいのだ。

「千葉県警がその気になってくれたようだし、向こうの事件もうまく落着しそうで、肩の荷が下りたな」

「そうですね。千葉県警は非公式に玲奈ちゃんの母親と接触したと伺っていますが」

「ああ、いずれ玲奈ちゃんの墓前に犯人をつかまえたと報告すると伝えたらしい」北沢はまっすぐ坂元の目を見て言った。「お母さんも、ようやく玲奈とふたりの時間が取り戻せるって仰《おつしや》ったそうだ」

「よかった……」

坂元は息を大きく吐いた。

「なかなか苦労させてもらったよ」

北沢が言ったので、坂元は生真面目《きまじめ》にうなずいた。「お力添えをいただきまして、ほんとうにありがとうございました」

いやいや、と言いながら、北沢は懐《なつ》かしむような顔でシルバーメタルのメガネに手をやる。

「君らが来た明くる日、長洲《ながす》に行って戸上さんと会ってきた」

坂元は驚いて身を乗り出した。「千葉県警本部長と？」

「昔から苦手な人でさ。内心、びくびくものだったよ」

坂元は次の言葉を待つように覗《のぞ》き込んでいる。

「案の定、不機嫌でさ。柏署にきみらが行った件でおかんむりだった」

浅井が姿勢を正して、ただちに頭を下げた。

「大変、申し訳ありませんでした」

追随して、柴崎も「申し訳ありません」と謝った。

「いや、当然の措置だったから、気にせんでいい」北沢はふたりを見て言った。「こっちが言う前に、戸上さんのほうから広域指定の話が出てさ。冷や汗が出たぞ」

坂元が頬のあたりを赤くしながら、耳にかかる髪を指でよける。「そうだったんですか……申し訳ありませんでした」

「昔の事件を掘り返して何がしたいんだって噛《か》みつかれた。向こうは向こうで、とうにケリがついてるっていう感じだったな」

唇を曲げるように聞いていた助川が思いついたように右手を軽く挙げた。

「あちらの捜査一課の管理官から話を聞いたんですが、現場はそうではなかったようですね」

「ああ」北沢は言った。「一課も柏署も、上から捜査を止められて忸怩《じくじ》たる思いだったそうだ。それは耳に入っていた。でも、それをやっこさんにぶつけるわけにはいかんだろ」

助川は苦笑いを浮かべ頭をかいた。「確かに」

「広域指定の話は先方から断ってきたんですね？」

興味深げに坂元が訊くと、北沢は足を組み、体を横に向けた。

「それは行く前からわかっていたけど、行かずにはいられなかったんだ」

しんみりとした調子で言ったので、坂元が柴崎の顔を見た。

話が見えず、首を小さく横にふった。

「広域指定第百二十三号、覚えてないか」北沢はそう言ってやや間を空けた。「ちょうど、長女が心臓の手術をしたときに起きたんだ」

「大阪神戸連続女児誘拐殺人事件」とっさに坂元が口にした。「あれは、兵庫県警刑事部長をされていたときに発生したんですか？」

守口生田事件だ。真犯人と思われる人物が現れたにもかかわらず、県警同士の連携が取れずに犯人は野放しになり、二件とも迷宮入りになった。北沢が捜査の責任者だったのか。

北沢は二、三度まばたきして、口を開いた。「広域指定事件にしてもらうため、当時の本部長を動かして、大阪府警に出向いた。警察庁《サッチョウ》も巻き込んで、すったもんだのあげくにようやく指定を勝ち取ったんだが……」

当時のことを思い出したらしく、言葉を呑み込んでしばらく天井を見上げた。まわりの視線に気づくと、両手を膝にあてがい、首を伸ばすように坂元の方を向いた。

「あれの二の舞には断じてさせないって思ったぞ」

生の感情をありのまま吐露したその顔は、入室したときよりも輝きを増していた。

柴崎は胸を突き上げてくる熱いものを感じた。上は上で、必死になって事件解決を目指していたのだ。自分のキャリアを賭《と》したに違いない。

堅苦しい雰囲気になったのを嫌うように北沢は今回の事件の細部について話し出した。途中で思いついたように柴崎を見る。

「代理の機転がなかったら、今回も流れていたかもしれんな」

真顔でそう言われたので、「いえ、偶然の産物ですから」と恐縮しながら答えた。

それから十分ほどして、あわただしく北沢は去っていった。

一段落したので部屋を辞そうとしたとき、坂元が浅井を呼び止めて、「高野さんはまだ席にいますよね？」と訊いた。

「おります。取り調べは午後ですから」

「ちょっと呼んでください」

浅井はその場で高野の内線に電話を入れた。

助川と八木もソファに座り直した。

「しかし、愛人も愛人なら男も男ですよ、ね、副署長」

八木が太鼓腹を揺らしながら話題を元に戻す。

「笠原智司か。まあ、我が身可愛《かわい》さと世間体を気にしてあんなところまで突っ走ったんだろうな」助川が評する。「もともと女癖が悪い野郎なんだろうし、仕事も私生活も口八丁手八丁。この手の男がえてして暴走するのかもしれんが……どうだ浅井」

「妻の佳子はすっかり夫を信じ切っていたようです」

浅井が短く言う。

「一目見て堀田を好きになったって笠原は言っているんでしょう？」坂元が言った。

「早々に行動に移したんだろ？」

助川が浅井を見やる。

「はい。関係を持った後も、堀田の歓心を引こうとして、物を贈ったりやさしい言葉をかけたりしたと言ってます。秩父のほうに日帰り旅行にも行ったことも判明しました」

「それにしたって、あそこまでやる親がいるかねえ」八木が続ける。「遺体発見後も、ずっとわが子を亡《な》くした親を神妙に演じていたじゃない。人の皮を被《かぶ》ったケダモノ、いや、それ以下だよ。血も涙もない。代理、そう思うだろ？」

「そうでしょうか」

柴崎はぽつりと言った。

「なんだよ、深刻ぶった顔して？」

助川に訊かれる。

「この男、最後まで完璧《かんぺき》に事件を闇《やみ》に葬《ほうむ》ったつもりだったのではないかと思うんですよ」

「だったらどうした？」

助川が不服そうに言う。

「ケダモノと言うより、何か本来、人が持っているべき心がすっぽり抜け落ちてしまっているように見えて仕方がないんです」

「我が子を埋めて事件を隠蔽《いんぺい》しようっていうような輩《やから》なんだ。冷血そのものなんだよ」

「許しがたい人物であるのは間違いないです。ただ、自分の子どもの髪の毛や歯を抜いたり遺体を埋めたり、その子の髪の毛を忍ばせたバッグを水口のアパートのゴミ置き場に捨てて、彼による仕業に偽装したりしている。どう考えても、ふつうの人間にできることじゃない。そう思いませんか？」

「きわめて冷静沈着にやり通しましたね」坂元がつぶやく。「やっぱり、サイコパスか」

「ナルシストでしょうね」

柴崎がぽつりと言う。人格障害のひとつのタイプだ。

「自己愛型？」と坂元。

「はい。演技上手で計算ずくでホラ話を簡単にでっち上げる。人の痛みにはいっこうに気づかない。都合の悪いときは水に流して忘れ去る。こんなタイプがよく犯罪者にはいると聞いたことがあります」

常に冷静で自分中心的にすべての物事をとらえる。笠原智司はそうした人間なのだろう。未希の死体が柏市の雑木林で見つかったと告げたときも、いま思えば、驚いたふりをしていただけだったのだろう。葬儀のときの落ち着きもうなずける。

そのとき高野朋美が姿を見せたので、パイプ椅子《いす》に座るように坂元が声をかけた。続けて話題にしていた堀田江里と笠原智司の関係について、取り調べに当たっている彼女に意見を求めた。

「信じていたのかどうかわからないですが、笠原が奥さんと別れるとある時期まで言い続けていたのは確かです」高野はかしこまった姿勢で言った。

「あなたの取り調べを拝見させてもらいましたけど、堀田江里って意志が強くないみたいだし、妙にさばさばしている感じがして。切羽詰まって愛人の子どもを殺すようには見えないのよ。あなた自身はどう思った？」

「取り調べ中、わたしもそれに近い思いでした」

高野は答える。

「その場の衝動で不倫相手の子どもを殺してしまうっていうのが、どうにも腑《ふ》に落ちなくて」坂元が正直な心境を口にした。

「笠原智司だって明らかに異常だし」助川がしみじみと言う。「まったく、よくわからんカップルだよ」

「高野さんはとにかく、しっかりと堀田江里の本音を引き出してください」

坂元に言われて高野は重々しくうなずいた。

「どうした、高野」助川が言った。「きょうはまた、おとなしいじゃないか」

「笠原智司の量刑について少し……」

「一課が取り調べてるんだ。実刑まで持っていく供述を取るから安心しろって」

助川が追いかけるように言う。

捜査一課と綾瀬署による特別捜査本部において、笠原智司と水口文彦は捜査一課、そして堀田江里と角谷道弘は綾瀬署が受け持っているのだ。

「実刑は免れないと思います。懲役三年ぐらいでしょうか。でも……」高野は坂元の視線を外した。「わたし、猶予《ゆうよ》がつくんじゃないかと思います」

「実子の死体遺棄と犯人隠匿《いんとく》だぞ。つくわけがない」

助川が反論する。

高野は首を横にふった。「一課の巻いた調書を読ませてもらいました。自分の子どもが殺されたのを知って、奈落《ならく》の底に突き落とされたような哀れを覚えて、これまで生きていていちばん悲しく思ったとか……調子のいいことを言っていますし」

「あれでもいちおう、親だからな」

「そこまでならいいんですけど、でも」高野は呆《あき》れた顔で続ける。「そのあと、堀田が未希に手をかけた責任の一端は自分にあるとか、堀田をかばう気持ちもあったとか、延々と語られていて」

「弁護士から知恵をつけられているんだよ」

「でしょうけど、納得できなくて」

捜査員としての熱情が全身から感じられた。警察手帳を盗まれた四カ月前に比べると、仕事に対する熱意と集中力は格段に上がったような気がする。

「もしかすると、高野さんの範疇《はんちゅう》を超えているかもしれないわね」坂元が暖かい眼差《まなざ》しを送りながら言った。「でも、あなたがそう思うこと自体はよく理解できますから」

署長として、高野を一人前の刑事として認めると言っているようにも聞こえた。

「高野巡査」

改まった口調で坂元は告げた。

「はい」

高野は背筋を伸ばした。

「あなたの冷静な目がなかったら、今回のヤマは解決できていなかったかもしれません。すばらしい働きでした。ありがとう」

高野は謙遜《けんそん》するように肩をすぼめた。

「いえ、たまたま家族の近くにいただけです」

「間違いなく、あなたは刑事の目を持っていると思います。わたしは、少しあなたのことを見くびっていたかもしれない。謝らないといけないですね」

小さくお辞儀をする。

「そんな……たまたまです」

高野が手でそれを制した。

「ありがたく頂戴《ちょうだい》しておけ」

助川が口をはさんだ。

高野はぺこりと頭を下げ、

「わたしこそ勝手に聞き込みをしたりして申し訳ありませんでした。先輩方としっかりコミュニケーションを取って捜査を進めなければならないなって反省してます」

「上出来だ」と助川。

「あの、水口はその後いかがですか？」

と好奇心をふくらませた顔で高野が言った。

「一課から聞いていない？」

坂元が訊いた。

「はい」

高野は浅井の顔を見やる。

「今回の取り調べで、玲奈ちゃん殺しを認めるような供述を始めたのは知ってるわよね？」

坂元が訊いた。

「はい。後悔の念が日に日に強くなっているとは聞きました」

「歯についてはどう？」

「右側切歯ですか？　生え変わりで落ちたと自供しているのは聞いています」

「そこを突いたら、水口は必死で言い逃れるようになって。当時の供述と食い違う点がたくさん出てきました」

高野は聞き洩《も》らすまいと口を閉じた。

「昨日の夜、死体遺棄現場から、それらしい物が見つかったという報告が入りました」

高野がぱっと腰を浮かせた。

「歯が見つかったんですか？」

坂元はうなずいた。「いま、ＤＮＡ鑑定しています。本日中には結果が下りてきますよ。うまくいけば、玲奈ちゃんのお母さんに朗報を届けられるかもしれない」

「犯行現場としてはっきり特定できたわけか……」

「おそらくね」

犯人の自白に基づいて、そこで殺害が行われたというこれ以上ない有力な証拠が見つかったのだ。もう水口は言い逃れできない。

高野は頰をほころばせた。「やっぱり水口が犯人だったんですね」

小さく拳《こぶし》を握る。

「ですから結果待ち」

「そうでした」

「来週にも千葉県警は、正式に玲奈ちゃん殺害容疑で逮捕状を請求する」助川が言った。「逮捕の執行後は千葉県警にガラが移される」

高野は安堵《あんど》の表情を浮かべている。

「よかったです。ほんとうによかった」

「あなたの働きがあってこそよ」坂元が言う。「盗犯を卒業して強行犯係に移る?」

「署長におまかせします」

「殊勝なこと言うなよ。この際だ、好きにさせてもらえ」

「いずれ、捜査一課に送り込んでいただけますか」言うそばから高野は肩をすくませている。「いえ、いまのは冗談です。口が過ぎました」

「希望するなら協力するわよ」

高野は手でさえぎった。

「いえ、まだわたくしは修業中の身ですから。ここで皆さんにびしびし鍛えてもらいます」

「おう、その意気だ」

それまで黙っていた浅井が口を開いた。

「これで大貫の肩の荷も下りたろう」助川が引き取った。「どこぞの所轄《しょかつ》に飛ばされる寸前だったからな」

「千葉県警もですよ」坂元が言う。「不幸にもうちのヤマがあったからこそですから。柏署が持ち込んだ資料、一課は返すかしら」

「もらったものは、返さない」助川が浅井を見て言った。「そうだろ、浅井」

「はあ……」

坂元は手にした湯飲みをテーブルに置いた。

「それにしても、広域指定にならなくてよかったですね」

高野が感慨深げに洩らした。

浅井が歪《ゆが》んだ笑いを頬に浮かべたまま、うなずく。

「そうだな」助川が言う。「こっちが責任をかぶるところだった」

「そうでしょうか」坂元が言った。「初期の段階で指定されれば、うちも千葉県警も否応《いやおう》なしに合同捜査に入っていたと思いますよ」

「まあ、そうですが」と助川。

柴崎が口を開いた。

「刑事部長のご尽力があって、それに近い形になったことで良しとしなければいけないと思います」

その言葉を受け坂元が一同を見渡した。「犯罪者に県境はないですからね。それに対抗する警察は、いつまで経《た》っても境の内側でモノを見る癖が抜けない。いくらテクノロジーが発達したところで、捜査員の心に境があってはだめですよね」

沈黙がその場を支配した。

「いまのは、わたし自身への、戒めです」

そう言うと、坂元真紀は気持ちを切り替えた様子で、訓授の内容に目を通しはじめた。

参考文献

斎藤充功・土井洸介『情痴殺人事件』同朋舎出版（一九九六年）
佐木隆三『人はいつから「殺人者」になるのか』青春出版社（二〇〇五年）
ジョー・ナヴァロ、トニ・シアラ・ポインター『FBIプロファイラーが教える「危ない人」の見分け方』河出書房新社（二〇一五年）
森炎『司法殺人』講談社（二〇一二年）

その他、新聞・雑誌記事などを参考にさせていただきました。

（著者）

この作品は新潮文庫のために書き下ろされた。

広《こう》域《いき》指《し》定《てい》

新潮文庫　あ－55－5

平成二十八年九月一日発行

著者　安《あん》東《どう》能《よし》明《あき》

発行者　佐藤隆信

発行所　株式会社新潮社

郵便番号　一六二―八七一一
東京都新宿区矢来町七一
電話　編集部(〇三)三二六六―五四四〇
読者係(〇三)三二六六―五一一一
http://www.shinchosha.co.jp

価格はカバーに表示してあります。

乱丁・落丁本は、ご面倒ですが小社読者係宛ご送付ください。送料小社負担にてお取替えいたします。

印刷・二光印刷株式会社　製本・憲専堂製本株式会社

ISBN978-4-10-130155-6 C0193